「欲情した目、しやがって」

「し、してな……」

　首を振って否定しようとしたが、大きな手にがっしりとホールドされてしまっているので顔を動かすことができない。　（本文より）

カバー絵・口絵・本文イラスト■北上《きたかみ》　れん

BBN
B●BOY NOVELS

欲情

岩本　薫

この物語はフィクションであり、実在の人物・
団体・事件等とは、いっさい関係ありません。

CONTENTS

欲情

1

『迅人《はやと》おまえさー、俺の代わりにバイトやってくんない？』

友人の永瀬《ながせ》から携帯に連絡が入ったのは、夜の九時過ぎだった。

自分の部屋で電話を受けた迅人は、携帯を耳に充ててベッドに腰を下ろし、「バイトって、例の甘味屋《かんみや》？」と聞き返した。

永瀬が昨年末からアルバイトをしている甘味喫茶兼和菓子屋『みずほ』は、駅前の商店街の一角にあって、甘いもの好きの迅人も折に触れて買いに行く。こぢんまりとした店構えだが、喫茶スペースはいつも満席で、人気の豆大福は夕刻前には売り切れてしまう。

その豆大福を初めて食べた時は、和三盆《わさんぼん》を使ったあんこの程よい甘さと豆の絶妙な塩加減に感動した。以来、時折発作のように食べたくなって自転車を走らせることがある。

『そ。実はさ、夕方に自転車でコケて、右手の手首捻挫《ねんざ》しちまってさ』

「捻挫って、大丈夫なのかよ？」

『病院行ったら全治一週間って言われた。靭帯《じんたい》切れたりとかじゃなかったらしいけど、今ガッシガシにテーピングされてる。すげーぜ。ぴくりとも動かねぇもん』

永瀬のおどけた口調に、迅人は少しほっとした声で「そっか」とつぶやいた。

「じゃあ、まぁよかったけど」

高校三年の一月末、本来なら受験まっただ中の永瀬が、降りかかったアクシデントにもまだ明るい声を出していられるのは、迅人と同じ「推薦組」だからだ。

ふたり共に、昨年の十一月に同じ私大の推薦入試を受け、合格をもらっている。学部は違えど、四月からまた同じキャンパスに通うことが決まっていた。

『そー、一週間で済んでよかったんだけどさ、明後日から学校休みじゃん？　だから俺、フルでバイト入れちゃってたんだよ』

自分と永瀬は推薦組だが、もちろん普通に受験する者もいる（むしろそのほうが多い）ので、明後日の二月一日から三学年は試験休みになる。登校日もあるにはあるが、卒業式まで基本的に授業はない。

『バイト先に捻挫のこと連絡入れたら、一緒に働いてる大学生の人がちょうどスキーに行っちゃうらしくて当てにしてたから困るって……そりゃま、そうだよな。けど、こんな右手じゃ働けねぇし。んでおまえにピンチヒッター頼めないかって思ってさ。おまえ、まだバイト入れてないだろ？』

「うん、入れてないけど……」

一ヶ月半もだらだらしているのもなんなので、バイトしたいなぁとは思っていたが、具体的には動いていなかった。バイト先を探す前に、乗り越えなければならない難関があったからだ。

「けど、オヤがなぁ……」

迅人のぼやきに、永瀬も『おまえんち、厳しいもんな』と憂《うれ》い声を出す。

「うん」

学校でアルバイトを禁止されているわけではないのだが、保護者がいい顔をしないであろうことは予想できた。

『そこをなんとかさ、お父さん説得できねえ？　オーナーやさしくていい人だし、店、七時までだから帰りもそんなに遅くなんないと思うし。時給もそこそこ悪くないしさ。とりあえず俺が復帰するまで一週間やってもらえたら、すっげー助かるんだけど』

「……うーん」

永瀬の懸命な説得に、迅人は最大の難関である父親の顔を思い浮かべる。

『先に他も当たったんだけど、みんなもうバイト入れちゃってて……そうでなけりゃ受験でそれどころじゃなくってさ。もうおまえが最後の頼みの綱なんだよ……頼む』

説得というよりは、泣き落としに近くなってきた友人の声を耳にして、迅人は髪をくしゃくしゃと片手で掻《か》き混ぜた。

永瀬は、「やくざの息子」という自分の特殊なバックボーンに偏見を持たずに友人づきあいをしてくれる、大らかで気のいいやつだ。

その永瀬が本当に困っているのがひしひしと伝わってくるに従い、なんとかフォローしてやりたい気持ちが募《つの》る。

「わかった。話してみる」

『マジ!?　助かる！　マジで恩に着るよ！』

「まだできるかどうかもわかんないんだから、悦《よろこ》び過ぎんなって」

先走る永瀬を諌《いさ》めた迅人は、「結果わかったらメールするから」と言って通話を切った。

パチッと携帯を折り畳み、ディスプレイの時刻表示を見る。

九時二十二分。そろそろ帰ってきている頃だ。

ベッドから起き上がり、携帯をジーンズの腰ポケットに差し込んで、迅人はひとりごちた。

「掛け合ってみるかぁ」


迅人が生まれ育った神宮寺《じんぐうじ》の家は、東京大学のキャンパスがあることで有名な本郷《ほんごう》にある。

おそらく、この近隣の住人に「神宮寺家はどこか」と尋《たず》ねて、「知らない」と返される確率は非常に低いに違いない。大概は、やや複雑な表情で、「ああ……神宮寺のお屋敷ね」と答えるはずだ。

本郷は歴史の古い日本家屋が多い街だが、その中でも群を抜いて神宮寺の屋敷は年季が入っている。

苔《こけ》むした瓦《かわら》葺《ぶ》き屋根の正門と石造りの塀、鬱蒼《うっそう》と生い茂る竹林、どっしりと風格のある平屋の日本家屋――とりわけ母屋は築百有余年を数え、先々代が没落華族の洋館の一間を丸ごと移築した洋間を筆頭に、建物としての歴史的価値が高いと思われる。

敷地面積も、住居としてはこの界隈《かいわい》で一番広い。

「神宮寺のお屋敷」と呼ばれるのはそのせいだろう。

それとは別に、近隣の住人が「神宮寺」の名を特別な意味合いを込めて口にするのには、理由がある。神宮寺が代々、任俠《にんきょう》を生業とする家であるせいだ。もっとも、組事務所は浅草《あさくさ》の浅草寺《せんそうじ》の裏手にあるので、本郷の屋敷には組員の出入りも少なく、静寂に包まれていることが多い。

離れにある自分の部屋を出た迅人は、渡り廊下を使って母屋に入った。

中庭を有する造りである上に、何度も増改築を繰り返してかなり構造が入り組んでいるので、初めて訪れた客人はほぼ例外なく迷うようだが、ここで生まれ育った迅人はもちろん勝手知ったる足取りで、磨き抜かれた板張りの床を歩く。

廊下を幾度か曲がり、母屋の最奥に位置する襖《ふすま》の前で足を止めた。迅人自身、この部屋まで足を運ぶことは滅多《めった》にない。

父の私室は、息子にとってさえ、なんとなく敷居が高かった。

こほんと咳払いをしてから、「父さん」と声をかける。

「帰ってる?」

しばらくの間を置いて、襖の向こうから「迅人か?」という問いかけが返ってきた。凛《りん》と透き通った声は、決して威圧的ではないのに、自然と背中がぴんと伸びる。

これはいわゆる条件反射というやつだろう。子供の頃、ひとつ違いの弟の峻王《たかお》と悪さをしては父に折檻《せっかん》された。滅多に感情を荒げない父だが、いざという時の「躾《しつけ》」は誰よりも厳しく恐ろしかった。その際の痛みが、体に染みついているのだ。

「うん、ちょっと話があるんだけど……いい？」

「入りなさい」

そのいらえに「失礼します」と応じた迅人は、引手に指をかけ、カラッと襖をスライドさせた。

床《とこ》の間と座卓がある十畳の主座敷には誰もおらず、父の月也《つきや》は寝室にしている続きの間にいた。

襖が半分開いており、小柄な父と大柄なスーツの男――岩切《いわきり》が立っているのが見える。

「あ……ごめん。着替え中だった？」

どうやら戻ってきたばかりらしく、父はスーツから、部屋着である藍色の着物に着替えている最中だった。

「いや……もう終わる」

父の背後に立った岩切が、羽織《はお》りを着せかける。父が順に腕を袖《そで》に通すと、岩切が前面に回って膝をつき、前紐を結んだ。流れるような一連の動作の間、ふたりの間にこれといった会話はない。神宮寺家には古くから仕えるお手伝いの女性がいるが、父の身の回りの世話に関しては、岩切が見ることに決まっていた。いつからかはわからない。迅人が物心ついた頃にはすでにそうだった。

岩切は、迅人と峻王の鬼籍《きせき》に入っている母の弟で、ふたりにとっては叔父に当たる。

また父にとっては、義理の弟であると同時に、その身を陰ひなたとなって支える守護神のような存在だ。岩切はこの屋敷の中に部屋を持ち、寝起きをしているが、「仕事」においても父の片腕であるので、ふたりは常に行動を共にしている。息子である自分よりも、岩切は父と長い時間を共有しているはずだ。

着替えを終えた父が、次の間から主座敷に入ってきて、座椅子に腰を下ろした。

「座りなさい」

促《うなが》された迅人は、座卓を挟んで父と向かい合わせに座る。岩切も父のスーツをハンガーに吊してから主座敷に入ってきて、そこが定位置である父の右斜め後ろに正座した。百九十近い長身が背筋をすっと伸ばして座す姿には、なんとも言えない迫力がある。

「話とは、なんだ？」

目の前の形のいい唇が開き、涼やかな声が零《こぼ》れた。

白磁《はくじ》の肌。艶やかな黒髪。面相筆ですっと刷いたような柳眉《りゅうび》。眦《まなじり》が切れ上がった杏仁形《きょうにんがた》の双眸。繊細な鼻梁。うっすらと赤みを帯びた唇。

ひさしぶりに正面からまともに見たせいか、思わず白い貌《かお》に見入ってしまった迅人は、内心で苦笑した。

自分のオヤに見惚れるってなんなんだよ？　しかも、父親に。

だが、肉親であろうが、今年で三十六歳の二児の父であろうが、美しいものは美しいと、ここまで完璧な貌かたちを前にすれば認めざるを得ない。

姿形が美しいだけでなく、父には特別なオーラがあった。見る者をすべからく魅了し、従わせてしまう特別な「力」が。

その「力」で、父は江戸末期から続く任侠組織『大神組《おおがみぐみ》』を束ねている。高祖父《こうそふ》の代から受け継いだ、上野《うえの》から浅草一帯の縄張りを、今もしっかりと護《まも》り抜いている。

自分もいずれ、その組織を継ぐことになるのかもしれないが、正直まだぴんと来ない。

いわゆる「やくざ」の身内であることにも、迅人自身にこれといった感慨はなかった。生まれた時から周りは組関係の人間ばかりだったけれど、彼らはみんな、自分にとっては大切な「家族」で「仲間」だ。

世間に特別な目で見られる煩《わずら》わしさがないわけではないが、任侠組織の跡取りという境遇を重荷に思ったことはない。

(それよりも……)

祖父似の弟との比較で、おまえは父親似だと言われることのほうがよっぽど重荷だ。

たしかに、顔が小さいところとか、色が白いところは似ている。あとは細身で小柄なところ。

でも、その他は似ても似つかない。自分は髪も目の色も薄いし、それに……。

(こんなに綺麗《きれい》じゃないし、特別でもない)

非凡な肉親を持つが故のコンプレックスを、御多分《ごたぶん》に洩《も》れず、迅人も抱いて育った。迅人の場合、父親だけでなく弟も規格外なので、余計に自分の凡庸さが身に染みるのかもしれない。

「迅人？」

訝《いぶか》しげに名前を呼ばれ、迅人はぱちぱちと両目を瞬《しばた》かせた。父親に見惚れていたバツの悪さから、もぞもぞと尻を動かし、居住まいを正す。

「あ……えっと、実は友達からアルバイトのピンチヒッターを頼まれて……」

先程の電話の内容をかいつまんで話し始めた。その間、父は黙って迅人の話を聞いている。

「それで、できればそのバイトやりたいんだ。学校が休みの間、ただ家でごろごろしてても退屈なだけだし……それに、その甘味屋、俺も何度か行ったことあるけど雰囲気がいい店で、あそこなら働いてみたいなって」

「……期間はどのくらいだ？」

「捻挫した友達が働けるようになるまでってことで、たぶん一週間くらい。店は七時までだから、後片づけとかあっても八時には家に戻れると思う」

「…………」

思案げに腕組みをした父の白い面《おもて》を、迅人は期待を込めてじっと見つめた。

高校三年の男子が、アルバイトをするのに親の許可が必要、というと相当な過保護だと思われがちだが、実際は違う。子供の時分は母親がいなかったせいもあってかなり厳しく躾けられたが、中学に上がった頃、父に「今後はおまえたちの自主性に任せる。ただし行動に責任を持て」と言われ、それからはほぼ野放しに近い状態だった。弟の峻王など、一時期「かったるいから」を理由に学校に行かなかったほどだ。

その放任主義が転換を余儀《よぎ》なくされたのは、昨年の、やはり一月。

約一年前、『大神組』は『東刃会《とうじんかい》』の親子盃《さかずき》の申し入れを袖にした。

東刃会は関西圏を中心に、全国津々浦々に傘下団体を持つ西日本最大のやくざ組織で、この十年余りは関東圏への侵出も著《いちじる》しい。その東刃会から大神組は、長年に亘《わた》り、系列に名を連ねろとプレッシャーをかけられてきた。

大神組は、現在ではめずらしい、どこの系列団体にも属さない一本独鈷《いっぽんどっこ》の任俠組織だ。

全国制覇を狙う東刃会としては、本格的な関東進出への足がかりとして、二百年近く続く関東随一の老舗《しにせ》ブランドが欲しかったらしい。「あの大神組」が傘下に下ったとなれば、ライバル団体への格好のアピールになる。

できれば父としても、西日本最大の組織を敵には回したくなかったのだろう。度重なる申し入れを、その都度《つど》なんらかの理由をつけ、のらりくらりと躱《かわ》してきたようだが、それにも限界が訪れた。

結果的に面子《メンツ》を潰された東刃会が、報復行為に出るのではないかと警戒した父と幹部たちが、家族に累《るい》が及ぶことを恐れ、兄弟に「夜間外出禁止令」を出したのだ。

以来、迅人と峻王は、帰宅が遅くなる時は家に連絡を入れること、身内の誰かに迎えに来てもらうことを義務づけられた。当然ながらアルバイトも禁止。推薦を受けるために勉強に身を入れなければならない時期と重なったので、それに関してはさほど不満もなかったのだが。

「あれからそろそろ一年になるけど……」

何も言わない父に焦れて、迅人は東刃会の件を切り出す。

「結局、東刃会に目立った動きはないんだよね？」

父や岩切をはじめとした幹部連中は抗争も覚悟して警戒していたが、恐れていたカチコミなどもなく、少なくとも表面上は何事もなく一年が過ぎていた。

「そうだな。どうやら東刃会は、上層部が入れ替わるなど内部のゴタゴタが続き、当面うちどころではなかったようだ」

父の同意に力を得て、迅人は身を乗り出す。

「じゃあいいよね？」

「動きがないからといって警戒を解いていいわけではない」

「それはわかってるって。八時前にはちゃんと帰るから。その時間なら駅からの道も人通りとかまだ全然あるし」

お願い！　というふうに両手を合わせると、わずかに眉間に筋を刻んだ父が、肩越しに岩切を振り返った。

「仁《じん》、おまえはどう思う？」

めずらしく迷いを見せ、腹心の部下に助言を求める父の姿に、東刃会については懸念《けねん》が拭《ぬぐ》いきれないのだなと思った。

「そうですね」

叔父として、また大神組若頭としての意見を求められ、それまでは親子の会話に言葉を挟むことなく控えていた岩切が口を開く。

「月也さんのおっしゃるとおり、この一年動きがなかったからといって気を許すべきではないと思います。ですが迅人の言い分にも一理ある。たしかに若い身空《みそら》で一ヶ月半何もせずに家にじっとしていろというのも酷《こく》な話だ。『みずほ』は私も知っていますが、ご主人亡きあと店主が女手ひとつで切り盛りしている小さな店で、商品も接客も評判がいい。試しに一週間、様子を見てみるのはどうでしょうか」

岩切の話に耳を傾けていた父が、顔を戻してこちらを向いた。思案げな面持ちで、しばし迅人を見据えてから、ついに決断を下す。

「許可しよう」

「やった！」

ガッツポーズを作る迅人に、すかさず父が釘を刺した。

「ただし油断は禁物だ。帰宅が遅くなる場合は、必ず事前に連絡すること。何か異変があった場合もすぐに連絡を入れなさい」

「わかりました」

神妙な顔つきでうなずいた迅人だったが、すぐに頬が緩《ゆる》んだ。

よかった。これで永瀬をフォローしてやることができる。

父の部屋を辞し、廊下を引き返しながら、早速《さっそく》永瀬にメールを打った。

【ＯＫ出た。明後日からバイトできる】

送信して一分も経《た》たないうちに、待ち構えていたかのように携帯が鳴る。フリップを開き、耳に充てたとたん、永瀬の嬉々とした声が飛び込んできた。

『よかった！　マジで助かる！　しっかし親父さんよくOK出してくれたなぁ。正直半分くらい無理かもって諦《あきら》め入ってた』

「叔父貴が『みずほ』のこと知ってて、とりあえず様子見してもいいんじゃないかって口添えしてくれたんだ」

『叔父さんに感謝。すぐにオーナーに電話して、話ついたらまた連絡する』

「うん、頼む」

じゃあなと言い合い、通話を切る。パチッと折り畳んだ携帯をジーンズの尻ポケットにねじ込み、迅人は改めての感慨にふっと息を吐いた。

（明後日からバイトか……）

アルバイトは一年以上ぶり。しかも、接客の仕事は初めてだ。

上手くやれるかどうか、若干《じゃっかん》の不安もあったが、それ以上にひさしぶりのアルバイトに気持ちが昂揚《こうよう》する。懐《ふところ》が潤うといった金銭的なメリットにも況《ま》して、社会と接して新しい世界が開ける感覚が好きだった。以前やっていたピザのデリバリーでも、バイト仲間の美大生と仲良くなり、今でも時々メールをし合っている。

今回は、好きな和菓子を口にする機会もあるかもしれないと、なおさら期待も膨《ふく》らむ。

明後日から学校が長期休みという開放感も手伝い、迅人は浮き立った足取りで渡り廊下を歩き出した。

だが廊下の途中で、ふと足を止める。

（そうだ。バイトのこと、峻王にも言っておいたほうがいいか）

この一年間、窮屈《きゅうくつ》な生活を強《し》いられているという点で、弟の峻王と自分の境遇は同じだ。その中で、自分ひとりが足抜けしてアルバイトをするというのは、ちょっと不公平な気がしないでもない。

そもそも峻王は「夜間外出禁止令」が出る前からバイトなんかしたことがないし、あの協調性の欠片《かけら》もない俺様男が、誰かの下で働きたいと思ったことが一度でもあるのか、それすら疑問だけれど。

（でもやっぱ一応、言っておいたほうがいいよな）

さっき母屋では姿を見かけなかったから、自分の部屋にいるはずだ。

そう思った迅人は、くるりと体を反転させ、渡り廊下を引き返した。

本郷の屋敷には、母屋を中心として渡り廊下で繋《つな》がった離れがいくつかあり、迅人の部屋もそのうちのひとつだが、弟もまた、別の離れに部屋を持っている。

部屋といっても、十五畳の住居空間に三畳ほどのキッチンとバス、トイレが付いており、母屋を通らずに外へ出たり入ったりできる玄関もある。そこだけで独立した生活ができる空間だ。かつて住み込みの組員を置いていた頃の名残《なご》りの部屋を、洋風に改築したものらしい。

母屋に戻った迅人は、別の渡り廊下を使って隣接する建物に入った。

閉ざされた木製のドアの前に立ち、「峻王、俺だけど」と声をかける。

返事はなかった。

「いるのか？　おい……峻王」

しばらく待ってみたが、やはりいらえはない。だが耳を澄ませば、かすかに誰かの声らしきものが聞こえる。

テレビ？　音楽？

いずれにせよ、弟が部屋の中にいることを確信して、迅人はドアノブを摑《つか》んだ。鍵はかかっておらず、すんなりとノブが回った。

ドアを押し開け、隙間から顔を覗《のぞ》かせる。

「峻王？　いるんだろ？　入るぞ？」

引き続き声をかけながら室内に足を踏み入れた。一年以上前――弟に「発情期」が訪れたばかりの頃は、昼夜を問わず無分別に女を連れ込んでいたので、部屋に入る際はバッティングしないよう警戒したものだが、今はそんな心配もなく、安心して入ることができる。

真っ白な壁とフローリングの床。基本の内装は迅人の部屋と同じだ。あとは、個人の趣味でインテリアが異なる。

大画面の薄型テレビと真っ赤なソファ。黒のローテーブル。白木のライティングデスクとハイバックチェア――それらがすっきりと配置されたスタイリッシュな室内をざっと見回したが、弟の姿はなかった。

「いないのか……？」

仕方ない出直すかと踵《きびす》を返しかけた時、ふたたび小さな声らしきものを耳が捉《とら》えた。

「ん？」

テレビの音声じゃないことは、薄型テレビの画面が真っ黒であることからわかる。

「……っ、……っ」

断続的に聞こえる、少し苦しそうな声。懸命に何かに耐えているようにも聞こえる。

部屋の出入り口付近に佇《たたず》み、耳を欹《そばだ》てていた迅人は、部屋の一角を仕切った木製のパーティションの向こうから、その声が漏《も》れてきていることに気がついた。

パーティションの奥にはベッドがあって、寝床になっている。

夜型の峻王がこんな時間から寝ているのか？　っていうか、あんな苦しそうな声を出して、もしかして魘《うな》されているのか？

心配になった迅人は部屋を大股で横断し、寝床スペースへと歩み寄った。パーティションの陰に立ち、首を伸ばして中を覗き込んだ刹那《せつな》、予想だにしなかったシーンが視界に飛び込んできて、肩が大きく揺れる。

（ひ……っ）

目の前で繰り広げられている衝撃的な映像《ビジュアル》に息を呑み、迅人はその場にフリーズした。

ベッドの上に、ふたりの男が重なり合うようにして座っている。正確に言えば、ベッドボードに背中を預けたひとりの男——野性味を帯びた風貌のまだ若い男の膝の上に、もうひとり——こちらは眼鏡《めがね》をかけた痩身《そうしん》の男性が座っていた。よく大人が子供を膝に載せて後ろから抱っこするようなスタイルだ。

だが、ふたりの状態はそんな微笑ましいものではなかった。まずふたり共に半裸で、抱き込まれているほうはかろうじて上半身にシャツらしきものを羽織っているといった有様。そのシャツすら、前の合わせが全開になっており、白い肌や乳首が露出している。後ろの男はジーンズを穿《は》いているが、上半身は裸で、褐色の肌を惜しげもなく晒《さら》していた。

しかも、眼鏡の男性の脚が、後ろの男によって大きく開かされているので、彼の無防備な股間があらわになってしまっていた。

薄い茂みの中から勃ち上がったペニスを、褐色の手が摑み、ゆっくりと上下している。快感を引き出すようなそのねっとりとした動きに合わせて、眼鏡の男性が白い喉《のど》を反らし、腰を揺らめかす。その顔は薔薇《ばら》色に上気しており、レンズの奥の切れ長の双眸は潤み、唇がしどけなく開いていた。

「あっ……ふっ……んっ」

薄く開いた唇から零れる、明らかに快感を得ているとわかる声。大きな手のひらがペニスを扱《しご》くたびにくちゅくちゅと漏れる、淫《みだ》らな摩擦音。

それだけでも充分に淫靡《いんび》なのに、さらに衝撃の事実に気がつき、迅人は声にならない悲鳴をあげた。

(つ、繋がってる!)

ふたりの下半身が繋がっていることに気がついた瞬間、カーッと全身が熱くなる。毛穴という毛穴からじわっと汗が滲《にじ》み出た。

駄目だ。いけない！

見ちゃいけないと思うのに、体が動かない。

弟が恋人とセックスしている現場から目を逸《そ》らすことができず、硬直している間にも、自分たちの世界に埋没しているふたりは、迅人の存在など気にも留めずにお互いを貪《むさぼ》り続ける。

「先生……いい？　気持ちいい？」

峻王の掠《かす》れ声の問いかけに、恋人の立花《たちばな》がこくこくと首を縦に振った。

「んっ……い、いいっ……」

「すげぇ……濡れてぬるぬる……後ろはキュウキュウ食い締めてるし……」

「あっ……んっ……んっ」

乳首を指で弄《いじ》られた立花が、悩ましげに身をくねらせる。快感に蕩《とろ》けた表情で甘く啼《な》いていたが、乳首と性器の両方を愛撫されているうちに、だんだんと体が小刻みに震え始めた。

「たか……お……も、いく……っ……達きたい」

峻王の腕を摑み、すすり泣くようにして訴える。

「もう降参かよ？」

ちっと舌打ちした峻王が、だがすぐに立花の体を抱え直した。

「わかったよ。今、達かせてやるから」

甘く昏《くら》い声を落とすなり、激しい追い上げが始まった。峻王が腰を突き上げるたびに、結合部からぐちゅっぬちゅっと耳を塞ぎたいような水音が聞こえる。

「あっ……あっ……あぁっ……」

立花の嬌声《きょうせい》が尻上がりに高くなっていく。

「あんっ……あんっ……いくっ……いくぅっ……」

ブルルルッ。

絶頂を伝えるひときわ高い声と、腰のブルルッという振動が重なり、迅人は肩をびくっと揺らした。

メール着信――おそらく永瀬からの――を認識すると同時に硬直が解ける。

尻ポケットの振動はそのままに、じりじりと後ずさり、パーティションから離れた。部屋の中程でくるっと反転し、そこからは逃げるように小走りで峻王の部屋を出る。

（うわー。うわー。うわー）

渡り廊下をダッシュで駆け抜け、自分の部屋へ向かう間も、迅人は心の中で叫び続けた。

自分の部屋に飛び込み、ドアをバタンと閉め、後ろ手にドアノブを摑んだ状態で天を仰《あお》ぐ。

（うわーっ！）

「マジかよ……？」

故意ではないにせよ、弟と恋人のセックスを覗き見てしまった罪悪感と衝撃は大きく、なかなか動揺と心臓のドキドキが治まらない。

ふーはーと深呼吸して、早鐘を打つ鼓動を懸命に宥《なだ》めた。

弟の峻王が、自分たちの通う高校の数学教師である立花と恋仲になり、同性であることをはじめとした諸々の試練を乗り越え、この家で同居を始めて約一年が経つ。

まだまだ「新婚気分」のふたりは、兄の目から見ても羨《うらや》ましいほど仲睦《むつ》まじく、そのラブラブっぷりに当てられることは数あれど、さすがにこんな……真っ最中に遭遇してしまったのは初めてだ。

まさかこんな早い時間に、ふたりがエッチしているとは思わなかった。

「ってか、するなら鍵くらいかけろよ！」

と、今更声に出して憤《いきどお》ってみても後の祭りだ。

彼女いない歴十八年間の自分には刺激の強過ぎるビジュアルと音声は、しっかりと記憶に焼きついてしまっている。前にも、峻王が女の子に口でさせている最中に、やはりドアを開けてしまったことがあるが、当事者の両方をよく知っているからこそ、あの時よりも衝撃が大きい。

（うー……しばらくふたりの顔見らんないよ）

それにしても……びっくりだ。

普段は、どちらかというと地味で真面目で、色気とはほど遠い立花が……あんなふうに乱れて、見ているこっちがドキドキするほど色っぽい表情をするなんて。

峻王のあんな甘い声も初めて聴いた……。

——先生……いい？　気持ちいい？

——あんっ……あんっ……いくっ……いくぅっ……。

ふたりの快感に濡れた声が耳にリフレインしてくるにつれ、せっかく少し引いていた顔の熱がじわじわと復活してしまう。

赤い顔をふるっと振って、迅人はベッドに近づき、バタンと仰向けに倒れ込んだ。

峻王は去年、十六歳の時に、兄の自分より先に「発情期」が来た。そして立花と出会い、紆余《うよ》曲折《きょくせつ》の末に結ばれた。

かつては重度のブラコンで、「迅人が一番」と公言してはばからなかった峻王も、今は口を開けば「先生、先生」で、この一年の間一日も休まず登校しているのも、大事な恋人に虫がつかないように見張るためらしい。

その類《たぐ》い希《まれ》な才覚故に孤高だった弟に、愛する伴侶ができたこと、生涯を共にする「つがい」の相手ができたことは、兄としても嬉しい。

立花と出会って峻王は変わった。身内以外の人間を愛することを知って、人を思いやれるようになった。それは本当によかったと思う。

でも、たまに寂しい気分になることがある。

子供の頃からずっと一緒だった片割れに、置いていかれたような寂寥《せきりょう》感。

自分はまだ知らない感情——「恋」を弟のほうが先に知ってしまったという焦燥《しょうそう》感。

あれから一年が過ぎたけれど、今年の冬も、自分には発情の兆《きざ》しがない。

父も十八の時だったと聞いて、じゃあそんなに遅いってわけじゃないんだと自分を慰めたりするが、春が近づくに従い、徐々に落ち着かない気分が募ってきた。

いつまでも「発情期」が来ないことが、男として、雄として、未熟である証《あかし》のような気がして……。

だが今までも、まったくチャンスがなかったわけじゃないのだ。

毎年バレンタインには（迅人の甘いもの好きを知っての義理チョコも多いが）結構な数のチョコレートをもらうし、クラスの女子や後輩に告白されたことも何度かある。でも、どの子も「かわいくていい子だなぁ」とは思っても、それ以上の感情は持てず、結局断ってしまった。

誰かを想って胸が苦しくなったりとか、眠れなくなったりとか、そういうのはいまだに経験がないし、話には聞くけど、自分ではわからない。友人の中には、「真面目だなー。適当につきあってるうちに好きになるかもしれないじゃん」と言うやつもいるけれど。

（やっぱ、そういうのは違う気がする）

父と母のなれそめ話を聞いたり、峻王と立花のドラマティックな成り行きを側《そば》で見てしまったせいかもしれない。

恋愛に理想を持ち過ぎなのかもしれないけれど。時々「乙女かよ？」と自分に突っ込みたくなることもあるけど。

いつか自分もたったひとりの運命の相手と出会う——その希望を捨てきれない。

十八で母と出会い、結婚した父のように。

あるいは峻王と立花のように……。

ぼんやりと物思いに耽《ふけ》っていた迅人は、ふっと息を吐き、腰のポケットに手を突っ込んだ。携帯を引き出し、永瀬からのメールを読む。読了後、パチッとフリップを折り畳んでつぶやいた。

「とりあえず、バイトがんばろう」

2

アルバイトが始まった。

『みずほ』のスタッフはオーナーを含めて三人。

オーナー兼和菓子職人の五十代の女性と二十代の男性職人、このふたりが和菓子の制作と厨房を担当する。他に洗いものをしたり盛りつけをしたりする三十代の女性スタッフがひとり。以上三人が常勤のスタッフだ。

販売と喫茶スペースは、三人のアルバイトがシフトで回す。このアルバイトのうちのひとりがスキー旅行で休みを取っていたところに、永瀬の捻挫というアクシデントが重なり、急遽、迅人の出番となったのだ。

「本当に助かったわ。なにしろ急な話だからこちらも途方に暮れていたのよ」

アルバイト初日の朝、指定の時間の少し前に『みずほ』の裏口を訪ねた迅人を、オーナーは諸《もろ》手《て》を挙《あ》げて歓迎してくれた。

地元の店なので、おそらく「神宮寺」についての噂も耳にしているだろうとは思うが、オーナーのにこやかな表情からは、そのことに対する懸念はまるで窺《うかが》えなかった。もしかしたら、そのあたりは永瀬が上手くフォローしてくれたのかもしれない。

オーナーの紹介でスタッフにひととおり挨拶《あいさつ》したあと、簡単な仕事内容の説明を受けた。

「神宮寺くんには、喫茶の接客をメインに担当してもらいます。店頭販売はレジをやらなくちゃいけないから、少し慣れてからにしましょう。わからないことがあったら山内《やまうち》さんに聞いてね」

「遠慮せずに気軽になんでも聞いてね」

主婦パートだという二十代後半の女性が、にこにこと微笑む。

「接客やるの初めてなんで……よろしくお願いします」

迅人がぺこりと頭を下げると、「若いから、仕事しているうちにすぐ覚えるわよ」とオーナーに肩を叩かれた。

「これ、ユニフォーム。控え室で着替えてきてね」

「はい」

受け取った抹茶色の作務衣《さむえ》を抱えて控え室に入る。

夏にときたま叔父の岩切が着ているのを見かけるが、自分で作務衣を身につけるのは初めてだ。上衣を羽織って下衣を穿き、腰に橙《だいだい》色のエプロンを巻く。胴を一周させた腰紐をお腹のところできゅっと結ぶと、気持ちが引き締まる気がした。

「よっしゃ。がんばるぞ」

十時の開店と同時に、カラカラと木の扉をスライドさせてふたり組の女性客が入ってくる。緊張の面持ちで店頭に立っていた迅人は、できるだけ大きな声を出した。

「いらっしゃいませ!」

ショーウィンドウの前に立てば購入のお客さんだし、左手にある喫茶スペースを覗き込む様子なら、喫茶を利用するお客さんだ。

女性が喫茶スペースを覗き込んだので、すかさず「二名様ですか?」と声をかける。

「ええ、そう」

「ただいま、お席にご案内します」

テーブル席にふたり組の女性客を案内し、お茶を出してオーダーを取り、注文を厨房に伝える。甘味が出来上がってきたら席に運ぶ。お客さんが食べ終わった頃合いを見計らってお茶を差し替え、伝票を持って席を立ったら、食べ終わった器《うつわ》を下げる。テーブルを拭いて椅子を整え、次のお客さんを案内する。――これらの手順を何度か繰り返しているうちに、ほどよいタイミングというものが摑めてきた。

喫茶スペースは、ふたり掛けテーブルが三席、四人掛けテーブルが二席だが、途切《とぎ》れることなくお客さんが訪れ、常時満席。特に午後の一時過ぎから四時くらいまでがピークで、本当に入れ替わり立ち替わりという感じだった。購入のお客さんもひっきりなしで、夕方前にはいつものごとく豆大福が売り切れる。

一時間の昼休憩と三十分の中休みを挟んで七時間半働き、七時に閉店。ずっと立ちっぱなしだったせいか、ユニフォームを脱いだ時には、脹《ふく》ら脛《はぎ》がぱんぱんに張っていた。腰も少し痛い。

それでも目立ったミスもなく、なんとか初日の仕事をやり終えたことにほっとする。他のスタッフの足を引っ張らないように、紹介者の永瀬の顔を潰さないようにと、一日中気が張っていた。

「お疲れ様。慣れないことばかりで疲れたでしょう?」

「いいえ、大丈夫です」

「今日の夜はゆっくり休んで、また明日お願いね」

「はい、お先に失礼します」

帰りは、オーナーがわざわざ店の外まで出て見送ってくれた。オーナーをはじめスタッフもみんないい人でよかった。

(おやつに食べさせてもらった豆大福もさすがに美味《おい》しかったし)

三日も経つとだいぶ仕事に慣れ、レジを任せてもらえるようになった。喫茶スペースに余裕がある時は、店頭販売も手伝う。手伝いながら販売接客のノウハウを習い、贈答用の梱包の仕方なども教えてもらって、直《じき》にひとりで店頭にも立てるようになった。

さらに数日が過ぎ——。

「神宮寺くん、どう？　ひとりで大丈夫？」

喫茶スペース全体が見渡せる壁際の定位置で待機する迅人に、厨房から様子を見に出てきたオーナーが声をかけてきた。

「はい……なんとか。山内さんが帰られた時は、ピークの時間帯は過ぎていましたし」

本来ならばふたりで受け持つ喫茶と店頭販売を、今の時間帯は迅人ひとりで切り盛りしている。娘さんが熱を出したと保育園から連絡が来て、パートの山内さんが早引きしたせいだ。

「ほんと助かったわぁ。神宮寺くんが物覚えが早くて。しっかりしてるから安心して店頭も任せられるし」

手放しで誉《ほ》められて、ちょっとこそばゆい気持ちになる。

「明日でアルバイトは終わりだけど、よかったらまた手伝いに来てね」

「あ……はい」

そんなふうに言ってもらえて嬉しかった。次も誘ってもらえるのは、少なくとも足手まといにはならなかったことの証のような気がする。

「あと一時間ちょっとだから、がんばって」

厨房に戻るオーナーに軽く頭を下げ、もう一度店内を見回す。喫茶スペースには三組のお客さんがいたが、三組共にすでに食べ終わって、お茶を呑みながら談笑している。まだ誰も席を立つ気配がないのを確認して、少しばかり体の緊張を解いた。

(明日でもう終わりかぁ)

覚えることがいっぱいあって無我夢中だったせいか、本当にあっという間の一週間だった。はじめは不安もあったけれど、慣れるに従って、少しずつ仕事が楽しくなってきた。案外接客業は向いているのかもしれない。

次にアルバイトを探す時に、ひとつ選択肢が増えたかも……。

そんなことを考えていたら、カラカラと扉が開く音がした。お客さんだ。

小走りで店頭に出た迅人は、のれんをくぐって店の中に入ってきた男性客に「いらっしゃいませ」と声をかけた。

(わ……でかい)

第一印象はそれだった。

百八十は軽く超えているだろう。弟の峻王よりも大きい気がする。叔父の岩切と同じくらいか、やや低いか。いずれにせよ日本人の平均値を大きく上回る長身だ。腰位置も高くて脚もすらりと長い。

均整の取れた体軀《たいく》に、丈の長い革のコートを無造作に羽織っている。肩幅もがっしり広くて胸に厚みがあり、その点でも規格外。

甘味喫茶兼和菓子屋に来る客は約八割が女性だ。男性もいるが、総じて五十代以上の年配客が多い。ただでさえ若い男性客はめずらしいのに、その上男は顎《あご》に無精髭《ひげ》を生やし、濃い色のサングラスをかけている。

そのサングラスの黒いレンズ越しに、彼がじっとこちらを見つめている気配を感じ、迅人は控えめに男を見つめ返した。

夏でもないのに、しかも夕方にサングラスって……ホストか芸能人？

目こそ隠れていて見えないけれど、その貌かたちが男らしく整っているのはわかる。秀《ひい》でた額にくっきりと濃い眉。彫りの深さを強調する高い鼻梁。少し大きめの肉感的な唇。サラリーマンには見えない若干長めの黒髪といい——芸能人と言われれば、そうかもしれないと納得させる特殊なオーラが男にはあった。

明らかに常人とは一線を画《かく》する独特な雰囲気にひそかに吞まれていると、「席、空いてるか？」と訊《き》かれる。ややハスキーな低音は、男のワイルドなイメージを損なわないものだった。

「あ……はい。おひとり様ですか？」

敢えて確認したのは、目の前の野性的なムードの男性と「甘味喫茶」という場所がそぐわない気がしたからだ。女性と待ち合わせているのならばともかく。

「ひとりだ」

しかし男がそう答えたので、迅人はそれ以上は余計な口を挟まずに言った。

「ただいまご案内いたします」

男をふたり掛けのテーブル席に案内し、お茶の入った湯飲みをお盆に載せて運ぶ。

「失礼します」

片手を椅子の背もたれにかけてメニューを眺めている男の前に、湯飲みを置いた。男はコートを脱ぎ、Vネックの黒のセーター姿になっていたが、サングラスは相変わらずかけたまま。やはりその存在は店内でかなり浮いていて、他の客もちらちらと横目で男を窺っている。

(目立つもんなぁ)

年齢は……岩切と同じくらい？　三十代前半から半ばくらいだろうか。テレビドラマはあんまり観ないからわからないけど、サングラスを外したら見覚えのある俳優とかだったりして……。

つい要《い》らぬ詮索をしながらお盆を手に男性客の傍《かたわ》らに立ち、オーダーを待っていると、男が首を捻《ひね》ってこちらを見た。

「お勧《すす》め、どれ？」

六日間働いていて初めて受けた質問だったので、いささか面食らった迅人は、「そうですね」

と思案顔を作った。

「季節メニューですとぜんざいか、お汁粉《しるこ》がお勧めです。あんこが大丈夫ならですけど」

「あんこは粒餡《つぶあん》が好きなんだ」

「でしたら、ぜんざいですね。うちのお汁粉は漉《こ》し餡なので」

「じゃあ、この白玉ぜんざいをひとつ」

「かしこまりました」

オーダーを厨房に伝える。他の客のレジをしたり、テーブルの片付けをしたりしている間に、白玉ぜんざいが出来上がってきた。

「お待たせいたしました。白玉ぜんざいです」

ぜんざいの入ったお椀を、屈《かが》み込むようにして男の前に置いた時だった。ふわっと漂ってきた甘い香りが、鼻孔を擽《くすぐ》る。

――ん？

甘いといっても、ぜんざいの匂いじゃない。もっとこう、甘さの中にもぴりっと刺激があるような不思議な香り。初めて嗅《か》ぐ匂いに背中がむずっとした。

（なんだろう？　この人のつけてるコロンか何か？）

いや……違う。自慢じゃないが、嗅覚《きゅうかく》は人並み外れて鋭いほうだ。この匂いは、人工的に調合したり、合成したりしたものじゃない。

おそらくは、この人の体臭。

思わずくんくんと鼻を蠢《うごめ》かしていると、男が満足げにつぶやく。

「美味《うま》そうだな」

「ごゆっくりどうぞ」

ぺこりと頭を下げ、迅人はテーブル席を離れた。

喫茶スペースが見渡せる壁際のポジションに戻り、お客さんの様子に満遍《まんべん》なく目を配る――つもりが、気がつくと例の大柄な男性客に目が吸い寄せられてしまっている。

迅人の視線の先で、男がぜんざいを匙《さじ》ですくった。大きな口を開けて白玉を放り込む。さくさくと匙を往復させ、瞬く間にぜんざいを完食した男が、お茶をぐいっと飲み干し、ガタッと立ち上がった。

(うわ。早い!)

あわてて店頭のレジに駆け寄り、男性から伝票を受け取る。

「消費税込みで六百八十円になります」

男が革のコートのポケットに手を入れ、何かを引き出した。ふたつに折り畳んだ札束だ。その分厚い束から一万円札を抜き取って、無造作にこちらに突き出す。

「い……一万円お預かりします」

新品の一万円札を預かり、迅人はレジを打った。いまだに一万円の扱いには緊張する。おつりを間違えないよう、慎重にお札を数えた。

「九千三百二十円のお返しになります。お先に大きいほうから九千円のお返しです」

レシートと一緒に千円札を渡す。

「残り、三百二十円のお返しです」

男の大きな手に硬貨を載せてから顔を上げた。

「…………」

男の視線がまっすぐこちらに向けられているような気がしたが、サングラスのせいで、本当に自分を見ているのかどうか確信が持てない。でもなんとなく自分から目を逸らすこともできず、黒いレンズを黙って見上げていると、男が肉感的な唇を開いた。

「バイト？」

「え？」

一瞬、なんのことだかわからなかった。

「高校生だろ？」

「あ……はい。でももう卒業です」

見るからに子供っぽいと言われた気がして、余計なことまで口にしてしまう。

「ふぅん」

顎の無精髭を手のひらでざらりと撫《な》で上げた男が、不意に「美味かった」と言った。

「え？」

「お勧めの白玉ぜんざい、美味かったよ。持ち帰りで五つ包んでくれ」

「は、はい。お持ち帰り用は冷たいものになりますが、よろしいですか？」

「いいよ。他にお勧めは？」

任せる、みたいに言われると、期待に応えなければという気になる。迅人はショーケースを眺め、この六日間で食べた中での自分的ベスト2を挙げた。

「ええと、うさぎまんじゅうはいかがでしょう？　見た目もかわいいですし、和三盆《わさんぼん》を使っているので甘さがまろやかで、ぺろっといけちゃいます。本当は豆大福が一押しなんですけど、今日はもう売り切れてしまっていて……」

「じゃあ、そのうさぎまんじゅうをくれ」

「おいくつにしましょうか」

「そうだな……十個」

「白玉ぜんざいを五つに、うさぎまんじゅうを十個ですね」

透明のプラスティックカップに入ったテイクアウト用の白玉ぜんざいと、箱詰めしたうさぎまんじゅうを紙袋に入れ、もう一度、レジを打つ。男は今回もポケットから札束を出し、さっきとは違う一万円札で払った。そうする理由はわからないが、財布を持たない主義らしいことと、手持ちの現金に困っていないらしいことはわかる。

精算を済ませた迅人は、商品を手渡しするために、ショーケースの後ろから出た。袋を両手で持って男に歩み寄る。

「こちらが商品になります」

男が右手を伸ばしてきて、紙袋を受け取った。刹那、ふわっと甘い香りを感じる。

(あ……また……あの匂いだ)

反射的にくんっと鼻を蠢かせていると、男が空いているほうの手を挙げた。

「サンキュー」

礼を言われてあわてて頭を下げる。

「ありがとうございました!」

顔を上げた時には、男はもう背中を向けていた。ドアを開けて店を出て行く長身の後ろ姿を、男の残り香の中にぼんやりと佇み、迅人は見送った。

「一週間ありがとう。何度も言うようだけど、ピンチヒッターを引き受けてくれて本当に助かりました。これ、少ないけどアルバイト代」

「ありがとうございます。いただきます」

七日目の閉店後、オーナーから渡された封筒を、迅人はありがたく受け取った。

「また神宮寺くんの都合のいい時にでもお願いすることがあるかもしれないけど、その時はよろしくね」

「あ、はい。こちらこそよろしくお願いします」

「それと神宮寺くん、これから何か約束とかある? 一週間お疲れ様ってことで、軽く慰労会をやりたいんだけど」

オーナーからそう切り出され、ちょっと面食らう。

「約束はありませんけど……あの……そんな気を遣わないでください」

「神宮寺くんこそ遠慮しないで。この近所にね、私の行きつけの焼き肉屋があるのよ。どのみちスタッフで夕食をとるつもりだったから一緒にどうかと思って。おうちの人に訊いてみて?」

「あ……はい」

お手伝いさんが夕食はすでに作っておいてくれているはずだが、せっかくの誘いを断るのも忍びない気がした。もしかしたら、『みずほ』の人たちと食事をする機会は今日が最初で最後かもしれないし。

そう思い、指示を仰ぐために父の携帯に連絡を入れてみたが、圏外にいるのかなかなか繋がらなかった。

(そういえば、今日は義理がけで地方に出て、戻りは遅くなるって言ってたっけ)

もちろん岩切も一緒だ。もうひとり——岩切と並ぶ父の片腕で、大神組若頭補佐の都築《つづき》は、先週から出張で上海《シャンハイ》に行っている。

峻王はどうせ立花とべったりだし、ふたりに当てつけられて侘びしい思いをするくらいなら、焼き肉を食べたい。

そんなことを考えている間にコール音が途切れ、留守番電話サービスに切り替わった。

「迅人です。えっと、今日はバイト先の人たちと夕食を食べて帰ります。あんまり遅くならないようにします」

伝言を残し、折り畳んだ携帯を仕舞っていると、着替えを済ませたオーナーが戻ってきた。

「どうだった？」

「……大丈夫です」

「そう、よかった。そこのお店ね、サムギョプサルって言って、豚の三枚肉を焼くのがすっごく美味しいの。他に牛肉のホルモンもいろいろ種類があるからお腹いっぱい食べてね」


（九時半かぁ……ちょっと遅くなっちゃったな）

携帯の時刻表示を見て顔をしかめる。

オーナー行きつけの焼き肉屋は本当にメニューが豊富で（「ギアラ」とか「ウルテ」とか、初めて耳にするような名称ばっかりだった）、またオーナーが「若いんだからまだまだいけるでしょ？」と容赦なく次から次へとオーダーするので、必死に焼いて、食べて、また焼いて、を繰り返しているうちに、気がつくと二時間が過ぎてしまっていたのだ。

さっき店を出る時に、やべっと焦《あせ》り、あわてて【これから戻ります】と父にメールを入れたけれど返信はない。今頃はちょうど新幹線の中かもしれなかった。

駅前から神宮寺の家までは徒歩で十五分ほどの距離だ。いつもは自転車で通っているのだが、今朝はみぞれっぽい雨が降っていたので歩いてきた。もっとも雨は昼過ぎには上がり、今は月が出ている。

（腹ごなしには歩きがちょうどいいかも。さすがに食い過ぎた。腹、苦しい……）

ダウンジャケットの左肩に引っかけたバックパックを担《かつ》ぎ直し、空を仰いだ迅人は、さやかに輝く半円形の月に視線を止めた。

「上弦の月、か」

月齢八日目。少しずつ、身のうちにパワーが満ち始める時期だ。これから徐々に眠りが浅くなり、満月の前後は不眠不休で二十四時間活動できるほどのパワーが漲《みなぎ》るようになる。

自分たち神宮寺一族の直系の血を引く者は、月の満ち欠けによって体内バイオリズムを大きく左右される。

自分の身に流れる特異な「血」について、特別な種族の末裔《まつえい》であることに誇りを持ってはいるけれど、まったく悩みがないと言えば――。

（それは……嘘になる）

一生、抱えていかなければならない『秘密』。

生涯に亘って、公にはできない『秘密』を持つ自分を、受け容《い》れてくれるひとが本当に現れるのだろうか。

今は亡き母のように、異形《いぎょう》である父をまるごと愛し、『秘密』を共有し、子まで成してくれる存在が果たして見つかるのか。

昨年の冬、峻王が立花と結ばれた時から、迅人は自分の「運命の相手」についてよく考えるようになった。

自分にもきっといるはずだというほのかな希望と、本当にそんな相手と巡り会うことができるんだろうかという漠然とした不安とが胸を交錯《こうさく》する。

(もしこの先、好きなひとができたとして)

そのひとに、自分の本当の姿を見せられるだろうか。

正体を明かした結果、気持ちが悪いと疎《うと》まれたら……その懸念もあるけれど、それ以上に神宮寺の『秘密』は重い。ことによっては、そのひとの人生を変えてしまうほどに。

それを思えば慎重にならざるを得ない。安易に相手を選べないし、簡単には『秘密』も明かせない。

もちろん、表面的に『秘密』を明かさずにつきあうことはできるだろう。でも、それじゃあ意味がない。見せかけの自分しか愛してくれない相手じゃ意味はない。

本当の自分を見せても、受け容れてくれる相手。その『秘密』ごと受け止め、すべてを愛してくれる相手。

(どこかに……いるのかな?)

いるとしたら、どこにいるんだろう。

仮に巡り会えたとしても、どうすれば、このひとこそが運命の相手だとわかるのか。

ひとりで悶々《もんもん》と考えても答えは出ず、一度思い余って峻王に尋ねたことがある。

「おまえにとって、はじめから立花先生は特別だった？」

問いかけると、峻王は少し考える顔つきをして、「そうだな。たしかに先生ははじめから特別な匂いがした」と言った。

「特別な匂い？」

「ああ……あんな匂いは初めてだった」

「俺は立花先生にはなんにも感じないけど」

「それは、おまえにとって先生がつがいの相手じゃないからだ。おまえには、おまえのつがいの相手がいる」

「本当にいるのかな……」

疑わしげなつぶやきに、峻王が自信ありげにうなずいた。

「おまえも今にその時が来たらわかる」

(特別な匂い……か)

峻王の台詞《せりふ》を反芻《はんすう》しながら歩いていた迅人の脳裏に、ふっと昨日のサングラス男が浮かんだ。

あの男の体臭はかなり印象的で……今まで嗅いだことがないものだったけれど。

記憶にしっかり染みついて、ちょっとやそっとでは忘れられそうにないくらいの……。

「って、男だし。髭生えたオッサンだし。ありえねーっての」

ふるふるっと頭を横に振った直後、背後に車の気配を感じた迅人は、人気のない狭い道の右端に体を寄せた。そのまま車をやり過ごそうとして足を止める。黒いＳＵＶがゆっくりと行き過ぎ、自分を追い越したのを横目で確認して、ふたたび歩き出した。すると二、三メートルほど先でSUVが停まる。

(こんなところで?)

訝しく思っていると、ガチャ、ガチャッと助手席と後部座席のドアが開き、車の中からふたりの男が降りてくる。上下黒ずくめで髪をオールバックにした三十代前半くらいの男と、金髪を短く刈り上げ、ボア付きの革ジャンを羽織った若い男だ。

見るからに不穏な「気」を纏《まと》う男たちに、迅人はぴくりと肩を揺らした。

「な……に?」

嫌な予感にちりっと首筋が粟立《あわだ》つ。

ふたりの男が大股でこちらに近づいてくるのを見て取るや、くるっと体を回転させた。駆け出そうとしたが、一瞬の差で後ろから腕を摑まれてしまう。

「何すんだよっ! 放せよ……っ」

摑まれた腕を振り払おうともがいている間に、金髪が前に回り込んできて、もう片方の腕も取られた。

「放せよっ! 馬鹿っ」

両手の自由を奪われた迅人は、足を振り上げて金髪の腹を蹴りつけた。蹴られた金髪がちっと舌打ちをして、迅人の頬をパンッと張る。

「………ッ」

ビンタの衝撃でくらっと頭が眩《くら》んだ。ふらつく迅人を、オールバックの男が後ろから支える。

「おっと坊や、気絶するのはまだ早いぜ。おいヒデ、勝手な真似すんな。丁重に扱えってお達しだろうが」

金髪を叱ったオールバックが、布のようなものを迅人の顔に押しつけた。

「うぐっ……」

鼻と口を布で塞がれ、ツンとするような刺激臭を鼻腔の奥に感じる。ほどなく視界がぼやけ、目の前がフェードアウトするみたいに暗くなった。

「…………」

体がじわじわと力を失っていく。

がくっと膝が折れる感覚を最後に、迅人は意識を失った。

3

昏い海の底から浮かび上がるようにゆっくりと意識が覚醒《かくせい》する。

幾度か瞬きを繰り返したあとで、迅人は両目を薄く開いた。

頭の芯がまだうっすらと痺れている。

「…………」

焦点の定まらないぼんやりとした視線で捉える風景は、見たこともないものだった。

室内であることはわかる。だが、オレンジ色の照明に照らされたその部屋は、見慣れた自分の部屋でも、今まで自分が見知っているどの部屋でもなかった。

その見知らぬ部屋に、自分は横たわっている。体の側面が当たる感触がやわらかいので、ベッドか何かに寝ていることはわかった。

頭をそろそろと持ち上げたとたん、ズキッと後頭部が痛んで顔をしかめる。少しの間目を瞑《つむ》って痛みをやり過ごし、薄目を開けた。

どうやら六畳ほどの部屋らしいことはわかった。もっとちゃんと見ようと、さらに体を起こそうとしたが果たせなかった。

その段で、体の後ろに回された両手首を何かで拘束され、両足首も縛られていることに気がつく。

体を左右に振ってもがいてみたが、腕の付け根が痛むばかりで拘束はぴくりともしない。足枷《あしかせ》もいっこうに緩む気配はない。

「くそっ……」

それでも肩や腰、膝などを駆使《くし》してにじにじと壁際に躙《にじ》り寄り、かなりの時間をかけて半身を起こした。なんとか壁に背を凭《もた》れかけさせることに成功する。

はぁはぁと息をあげながら、迅人はまず自分の服装をチェックした。着ていたダウンジャケットは脱がされ、長袖のカットソーにジーンズという格好。靴も脱がされている。

（バックパックは？）

自分の荷物を探したが、視線の届く範囲には見当たらなかった。

次に、改めて部屋の中をじっくりと見回す。

ドアが左手の壁にひとつ、ベッドが寄せられている壁の隅にひとつ——の計ふたつあった。左手のドアは出入り用のもので、もうひとつはトイレだと推測する。

窓が右手の壁にひとつあるが、カーテンで覆われていて、外の様子は見えなかった。窓の上にエアコンが付いている。そこから温風が噴き出しているようだ。

家具は、今自分が乗っかっているベッドの他には、ラウンドテーブルがひとつと椅子が一脚置かれているだけ。そのテーブルの上にも、何も置かれていない。

殺風景ではあるが、壁も天井も床も木材が剝《む》き出しになっているせいか、天井から照らされる照明がオレンジ色であるせいか、不思議と暖かみを感じる。

山小屋風とでもいうのか。

「一体どこなんだろう……」

今いる場所がどこかはわからなかったけれど、自分が、黒いSUVから降りてきたふたり組の男たちによって拉致《らち》されたことはわかった。おそらく顔に当てられたあの布に何か薬剤が塗られていて、それを吸った自分は意識を失ったのだ。その後、意識のない状態でここまで運ばれたのだろう。

そして、ダウンジャケットを脱がされ、手足を縛られ、この部屋のベッドに転がされた……。

つまり、拉致監禁されたのだ。

結論に至ると同時に、それまでは麻痺《まひ》していた感情が動き出し、焦燥が込み上げてくる。落ち着かない気分で、迅人は尻をもぞもぞと動かした。胸のあたりがざわざわし始めるのを懸命に堪《こら》え、落ち着けと自分に言い聞かせる。焦ったって仕方がない。

でも、それにしても拉致とか監禁なんて、小説やドラマの中だけの出来事だと思っていた。まさか自分の身に降りかかってくるなんて……。

オールバックと金髪ボウズ頭のふたり組、見るからにやくざ風だったけれど、やっぱり大神組に敵対する組織の人間なんだろうか？　そうでもなければ、わざわざリスクを犯《おか》してまで、未成年で学生の自分を拉致監禁する理由が思い当たらない。

……ひょっとして東刃会？　ここ一年動きのなかった東刃会が、ついに動き出したということなんだろうか。

あれこれ考えを巡らせてみたが、結局、どれも推測の域を出なかった。

ただひとつ、自分が帰らないことで、神宮寺の屋敷が大騒ぎになっていることだけは確実だ。

あの時点からどれくらい時間が経ったのか、正確にはわからないけれど、胃のあたりにまだ膨《ぼう》満《まん》感が残っていることから鑑《かんが》みて、経っていても数時間じゃないかと推測する。日付が変わったか、変わらないかといったあたりだろうか。

いずれにせよ、今頃、父も岩切も必死に自分の消息を探しているに違いない。

(みんな……心配しているだろうな)

やくざの家に生まれても、これまでの十八年間、そのせいで事件に巻き込まれたり、危険な目に遭《あ》ったことはなかった。

だから本当のことを言えば、東刃会の話をされた時も、どこか他人事というか……切実な危機感はなかった。父の命令だから仕方なく従ってはいたけれど、正直めんどくさいと思っていたし、何事もなく一年が過ぎて、特にここ最近は気が緩んでいた。その心の隙というか、油断を突かれたのかもしれない……。

もし自分のせいで、大神組が苦境に立たされることになったら？

東刃会の傘下に下ることを余儀なくされたら？

(どうしよう)

きゅっと唇を噛み締めていると、左手のドア越しにカチッと鍵が回る音が聞こえてきた。

「……っ」

びくっと肩が揺れる。警戒した迅人の視線の先で、ドアがばんっと勢いよく開き、見覚えのある男が部屋に入ってくる。黒ずくめのスーツに身を包み、髪をオールバックにした——迅人を拉致したふたり組の片割れだ。

ベッドの上の迅人を一瞥《いちべつ》して、男が「目ぇ覚ましたようだな」とつぶやく。

明るいところで見れば、鋭い目つきといい首に下げた金鎖といい、見るからに筋《すじ》モノといった風貌の男は、スーパーのレジ袋のようなものを手に提げ持っていた。大股で近寄ってきて、その袋をラウンドテーブルの上に雑に置く。

「具合はどうだ？　頭は痛ぇか？」

いかにも煙草《タバコ》で潰したようなダミ声で尋ねられ、迅人は黙って首を横に振った。

「そうか。だったら食えるな」

男がレジ袋の中からハンバーガーらしき包みと水のペットボトルを取り出す。

「メシだぞ……って言っても、自分じゃ食えねぇか」

めんどくさそうにひとりごちたかと思うと、男はハンバーガーの包みを半分ほど剝き、ペットボトルのキャップをパキッと捻った。剝いたハンバーガーとペットボトルをそれぞれ左右の手に持ち、ベッドに乗り上げてくる。とっさに壁沿いに後ずさったが、たちまちベッドの端まで追い詰められてしまった。

「ほら食え」

息がかかる距離まで迫った男が、無造作にハンバーガーを口許へ押しつけてくる。

迅人は眉をひそめて顔を背けた。

（見ず知らずのやつにいきなり食えって言われて、素直に従うわけないだろ？）

しかも相手は自分を拉致した張本人だ。何が入っているかわかったもんじゃない。

口を一文字に結んでそっぽを向いていると、ちっと忌々《いまいま》しげな舌打ちが落ちた。

「手間かけさせんな。大人しく食え！」

ドスのきいた声で凄まれ、ぐいぐいとハンバーガーを押しつけられる。必死に身を捩《よじ》った。

「おら、口開けろ！」

苛立った様子の男が耳許で怒鳴る。肩をどつかれたり、太股をぴしゃっと叩かれたりもしたが、頑《かたく》なに拒み続けているうちに、男のほうが音を上げた。

「くそっ……強情なガキだな」

匙を投げたように、男が不意に身を引いて、ベッドから降りる。

「腹が減ってもてめぇのせいだからな。勝手に餓《う》えてろ！」

吐き捨て、ミネラルウォーターをテーブルの上にどんっと置き、ハンバーガーを乱暴に放り投げた。そのまま部屋を出ていこうとする男を、あわてて呼び止める。

「ちょっと！」

男が足を止めて後ろを顧《かえり》みた。

「なんだ？　やっぱ食いたくなったか？」

首を横に振り、迅人は尋ねた。

「ここ、どこ？」

「あ？」

「東京？」

男が肩を竦《すく》める。

「日本だよね？」

「さぁな」

まともに答える気はないらしい。薄笑いを浮かべた男の顔を、迅人は睨《にら》みつけた。

「今頃みんな必死で俺のこと探してる。もうじきここも突き止められるよ。そうなったら、あんたもタダじゃ済まない」

精一杯の挑発的な物言いに、男がにやにや笑いを深める。

「どうやって突き止めるんだ？　おまえさんの携帯ならとっくに処分済みだぜ？」

「……………っ」

GPS機能付きの携帯を処分されたと聞いて、ガツンッと後ろから鈍器で殴られたようなショックを受けた。たしかに、そうなってしまえば、自分の居場所を突き止める手立てはない。

「なっ……なんで……こんなことするんだよっ？」

衝撃に声を上擦《うわず》らせつつも、男に食ってかかる。

「俺をこんなところに監禁してどうするつもりだよ？　取引の材料にでもするのかよ⁉」

しかし男は迅人の質問には答えずに、ふたたび踵を返した。大股でドアに近づき、ノブに手をかけたところで振り返る。

「メシ食う気になったら大声で呼べよ。あとションベンしたくなった時もな。垂れ流すのだけは勘弁だぜ？」

そう釘を刺して部屋を出ていった。

バタン！

カチッと鍵がかかる音を耳に、脱力した迅人はずるずるとベッドに横倒しになる。

（ちくしょう……携帯）

勝手に人のもの捨てやがって！　メモリが全部パーじゃんか！　画像とか保存してないのもあったのに！

痛手は大きく、喪失感に目の前が暗くなったが、いつまでもそのことでへこんではいられなかった。今の自分は携帯どころじゃない。下手をすれば生命の危機だ。

懸命に頭を切り換える。

（考えろ。どうすればいいか。よーく考えろ）

食事を与えようとしたということは、少なくとも、しばらくは生かしておくつもりはあるようだ。すぐに殺される確率は低いと考えていい。

だが、これでいよいよ、取引の材料にされる可能性が高くなった。そうされる前に、なんとかここから逃げ出さなければならない。

ＧＰＳに頼れないとなると、助けが来る手段はひとつ。

その可能性を確かめるためには、あそこまで行かないと。

カーテンの降りた窓を見据えた迅人は、ベッドの上をごろごろと転がった。端まで来たところで意を決し、えいっと床に落下する。

「痛ってぇ……」

腰と肩をしたたかに打ち、迅人は顔を激しくしかめた。奥歯を嚙み締め、しばらく痛みを逃してから、今度は体を左右に揺らしながら床を芋虫のように這《は》って、窓のある壁際まで近づく。その場で全身の筋肉を使ってどうにかこうにか体を起こし、膝立ちになった。カーテンの裾に頭を突っ込み、上半身を潜《もぐ》り込ませる。

冷たい窓に肩を押しつけ、ガラス窓一面の結露《けつろ》を拭いた。結露を払った箇所に顔を近づけて目を凝《こ》らす。窓の外は暗かったが、真っ暗闇ではなかった。全体的に薄ぼんやりと発光している。目が慣れてくると、その発光の理由がわかった。

(雪だ)

見渡す限りの一面の雪景色。

今現在降ってはいないけれど、たくさんの樹木の枝が隠れるほどに雪が降り積もっている様は、少なくとも都心の風景じゃない。

どこかの山奥の一軒家?

となると、自分の匂いを辿《たど》って父や弟が居場所を突き止められる可能性は低い……。

これで、外部から救助される最後の手段が消えた。

失意に顔が歪《ゆが》んだが、迅人はすぐに頭をふるっと振った。

こうなったら自力で逃げるしかない。

視線を上げ、決意と共に、半分に欠けた上弦の月を睨みつける。

月齢八日目じゃパワー不足は否《いな》めないけれど。

(……やるしかない)


月を睨んでいた迅人の体が激しく震え始める。

細かい痙攣《けいれん》が全身を覆うのに任せているうちに、体が内側からカーッと熱くなった。体の中心で溶鉱炉《ようこうろ》が爆発したような「灼熱」が、瞬時に全身に広がっていく。

「う、う……」

内臓を焼かれるような熱さに顔が歪み、唸《うな》り声が喉から漏れる。体中の毛穴という毛穴からどっと汗が噴き出した。

「はっ、はっ、はっ」

熱を逃すために口を開き、荒い呼吸を繰り返す。

ドクンッ、ドクンッ。

心臓が、今にも破裂しそうなほど大きく脈打っている。

（熱い……熱い……溶ける……！）

一年ぶりに味わう——体が内側からどろどろに溶けて、そののちにふたたび混ざり合い、別のものに生まれ変わる感覚。

この状態は、いつも本当に苦しい。何度やっても慣れることができない。

だが、この過程を経なければ「変わる」ことはできないのだ。

「うあぁ……っ」

もはや膝立ちしていることができずに、迅人は床に転がった。身を丸めて苦しみに耐える。悶《もだ》え苦しみながらも、自分の体が変わっていくのを感じた。

手の先に始まり、腕、頭、胸、胴、そして脚。骨格から筋肉の付き方までもがみるみる変わり、最後、メタモルフォーゼの仕上げのように、全身がシルバーグレイの体毛にみっしりと被《おお》われる。

人ならざる骨格に変貌を遂《と》げた肉体の圧力によって、衣類がびりびりと破れた。両脚と両手首を拘束していたテープもぶちぶちっと引きちぎられる。

「変身」を完了させた迅人は、長くまっすぐな四肢で床に立ち、尖《とが》った耳をピンと立たせた。四つん這いの体をぶるっと震わせて、衣類の切れ端を振り払う。

ふさふさの尾を持ち上げ、黄色く輝《ひか》る瞳で窓を見据えると、わずかに後ずさってから、助走をつけて勢いよくジャンプした。ガラス窓に頭から突っ込む。

ガシャ——ン！

体当たりでガラスを砕き、迅人は外へ飛び出した。白い大地の上にふわりと着地するやいなや、雪を蹴って駆け出す。

ややして背後から「ガキが逃げたぞ！」と叫ぶ声が聞こえた。

「ちくしょう！　どうやって逃げやがったんだ!?」

「まだ近くにいるはずだ！　追えっ！」

怒鳴り声や慌ただしい物音を振り切るように、雪道をひた走る。父から「人前では決して真の姿を見せるな」と厳命されているために、変身するのは約一年ぶりだ。

雪の上を走るのは初めての経験だったが、さほど経たずにコツが摑め、フルスピードを出すことができるようになった。人間の時はかなり力をセーブしているので、迅人が持てるポテンシャルのすべてを解き放つことができるのは、狼の姿の時だけだ。

（こんな状況でなかったら、ひさびさの解放感を楽しむことができたのに）

おそらく今の月のパワーでは、そう長くはこの姿を保てない。今のうちにできるだけ距離を稼《かせ》がなければ。

夜目は利《き》くが、視界に入るのは樹氷に覆われた樹木ばかりで、行けども行けども人の気配も人家も見えない。どうやらここはやはり山の上のようだ。土地勘のない山から迷わず下山するためには、国道に出て、その道沿いに下るのがベストだろう。

凍った樹木の間を駆け抜けた迅人は、ほどなく国道を見つけた。

（あった！）

車の走っていない国道を横目に、蛇行《だこう》しながら山道を疾走《しっそう》する。

（たぶん……もう半分くらいは来たはずだ）

あまり人里に近くなると、今度は狼の姿でいられない。絶滅したと言われて久しい狼の姿を誰かに見られでもしたら、大騒ぎになってしまう。どこかで人型に戻らなければならないが、その頃合いが難しい。

思案しつつ走っていると、不意に頭がくらっとして、がくっとスピードが落ちた。

（あ……くそ……エネルギー切れだ）

全身が怠《だる》く、まるで砂の袋でも引きずっているみたいに四肢が重い。

月が満ちていないのに、やはり長くキープし続けるのは無理なようだ。もう少しいけるかと思っていたのだが、読みが甘かったか。

歯嚙みをしている間にも、どんどん速度が落ちていく。終《しま》いには走ることができなくなり、それでもなんとかよろよろと前に進んでいたが、とうとう四肢が止まってしまった。へたり、とその場にしゃがみ込む。舌を出してはっ、はっと荒い呼吸をしながら、ゆっくりと尖った貌を雪に埋める。意識が徐々に白濁し、ついにふつりと途切れた。

「………」

体の芯まで染み込んできた冷気に薄目を開ける。

「あ……」

気がつくと人間の姿に戻っていた。

さっきまでは毛皮のせいで感じなかった突き刺さるような寒気《かんき》にぶるっと震えた迅人は、あわてて雪に埋もれていた上半身を起こした。

「さ、寒い……っ」

それも当たり前だ。全裸で足も裸足なのだから。

こんな格好で氷点下の雪の中にいたら、いくら自分が普通の人間よりは体力があるといっても、長くは保たない。

(死んじゃうよ!)

焦燥に駆られて立ち上がった迅人は、国道に向かってふらふらと歩き出した。

「冷たっ」

はじめは足の裏が痛いほどに冷たかったが、次第に感覚が無くなる。

「はぁ……はぁ」

息が凍って、肺が痛い。

(どこかで車を捕まえないと)

さっき国道と併走《へいそう》していた時も車は走っていなかった。こんな時間に山道をそうそう車が走っているとは思えなかったけれど、助かるには車を捕まえるしかない。

急激な崖を滑り降り、どうにか国道に出た迅人は、道の真ん中に立ち、車の往来を待った。

(くそっ……寒い……)

ぶるぶる震える両腕を手のひらでさすり、足踏みをして、暗闇に目を凝らす。

「早く……早く来てくれ! 頼むから!」

冷気にじわじわと体温を奪われながらも、その状態で十分ほど待っていただろうか。

（駄目だ……頭がぼーっとしてきた）

足に力が入らなくなった迅人は、その場にずるずると蹲《うずくま》った。膝を抱え込み、道の真ん中で丸くなる。

もう……寒さすら感じなくなってきた。疲れた。体が重くて……なんだか眠い。でも……寝たら死ぬよな。ここで裸で死んでたら、きっと発見した人は驚くだろうな……。

そんなどうでもいいことをぼんやりと考えていた時だった。

闇に塗り潰された視界に、小さな光がぽつり、ぽつりと灯《とも》った。

（あ……？）

だんだんと大きくなってくるふたつの光の輪が、車のヘッドライトだと気がついた瞬間、自分でもそんな力が残っていたのかと驚くほど高く、ぴょんっと体が跳ねる。

（助かった！　神様！）

「おーい！」

どんどん大きくなる希望の光に向かって、迅人は両手を大きく振った。最後の気力を振り絞って声を張り上げる。

「おーい！　停まってくれ！」

山道を下り、徐々に近づいてきた黒のＳＵＶが、迅人の少し前で停まった。

（やった！　停まった！）

迅人が運転席に駆け寄ると、サイドウィンドウがするすると下りる。現れた造作の大きな顔を、どこかで見たような気もしたが、とにかく寒くて、それ以上は深く考えられなかった。

「困っている…です。助け…くださ……」

凍えた歯列がカチカチと鳴って、上手くしゃべれない。もどかしさに苛立ちつつも、必死の形相で懇願した。

「助け…ください。お願…します」

「………」

運転手の男性は何も言わない。是《ぜ》とも否とも。

たしかに、こんな時間に山の中に全裸でいるなんて怪し過ぎると自分でも思ったが、ここで断られたら終わりだ。たどたどしくも縋《すが》るように繰り返す。

「車に乗…せてくだ…さ……お願……」

幸い、男は助手席のドアを開けてくれた。「乗れ」と低く促され、小走りに助手席に回り込んで車に乗り込む。

「す…みませ……こんな…格好で……」

裸であることを詫びる迅人に、親切な男は黙って後部座席からブランケットを取り、渡してくれた。

「あ……ありがと…ございます」

震える手で毛布を広げ、肩からすっぽりとくるまり、ほぅっと息を吐く。

（……助かった）

助かったんだ。

車内のあたたかい空気を全身で感じるにつれて、窮地を脱した実感がゆっくりと込み上げてくる。

（よかった）

ずっと張り詰めていた緊張の糸が切れたせいか、疲労の波もどっと押し寄せてきた。

虚脱状態の中、そうだ、早く家に連絡を入れなくちゃと考える。心配しているだろうから、一刻も早く。

このまま安堵《あんど》感にどっぷりと身を委《ゆだ》ねてしまいたい欲求を抑え込んだ迅人は、運手席の男に向き直った。

「あの……申し訳ないんですけど、できたら携帯を貸していただけません……か」

おずおずとした言葉が途中で途切れる。

なぜなら、男がハンドルを切って、車をUターンさせたからだ。

「え？　え？　なんで？」

突然の展開に面食らい、呆然とつぶやく。迅人の困惑を余所《よそ》に、ＳＵＶはたった今来た道を引き返し始めた。

「なんで引き返すんですか？　下山するんじゃ……」

「…………」

男は答えない。

何も言わない男の横顔を、迅人は訝しげに見つめた。

(なんか……変だ)

よく考えてみれば、何も事情を詮索してこないのもおかしい。

普通なら、こんなところにひとりでどうしたんだ、なんで裸なんだって訊くよな?

胸にむくむくと湧き上がってくる疑惑に眉根を寄せていた迅人は、ふと目を瞠《みは》った。

(……あれ?)

両目を見開き、改めて、運転席の男をまじまじと見つめる。

日本人離れした彫りの深い横顔。高い鼻に少し大きめの唇。顎の無精髭。

(……知ってる)

サングラスがなかったからすぐにはわからなかったけれど、自分はこの男を知っている。

さっき一瞬、見覚えがあると思ったのは、思い違いじゃなかった。

記憶の中の顔と今目の前にある顔がぴったりと重なり合った瞬間、迅人は大きな声を発した。

「あんた、昨日の……っ!」

男がちらりとこちらに視線を寄越《よこ》し、肉感的な唇を歪める。

「うさぎまんじゅう、美味かったぜ」

やっぱり!!

『みずほ』に来た客だ!

（あの不思議な匂いのする……）

男の正体はわかったが、なぜ昨日の客がここにいるのかがわからず、激しく混乱した。

偶然……にしちゃでき過ぎだ。

「な、なんで、あなたがここに!?」

上擦った声で問い質《ただ》すと、男が肩を竦める。

「それはこっちが聞きたいぜ。どうやって拘束を解いて逃げ出したんだ？」

「……っ」

その時点で、遅まきながら迅人は気がついた。

今乗っているSUVが、自分が拉致された時の車であることに——！

この男は敵なのだ。自分を拉致した組織の人間なのだ！

そもそも昨日『みずほ』に来たのも、拉致の下見のためだった……？

すべてが符合するのと同時に、迅人はくるっと体を捻って助手席のドアロックに飛びついた。レバーを引いてロックを解除しようとした刹那、後頭部に何かをぐっと押し当てられ、びくんっと肩を揺らす。

ひんやりと冷たくて硬い——鉄の感触。

（拳《けん》……銃《じゅう》？）

おそるおそる振り返る。初めて正面から捉えた男の双眸は、獲物を見つけた肉食獣のように輝っていた。

「大人しくしていてくれ、坊や」

銃口をまっすぐこちらに向けた男が、口許に凄みを帯びた笑みを浮かべる。

「女子供は殺《あや》めたくない」

低く掠れた声が、歌うように言った。

4

蛇行しながら山道を登ったSUVが、二十分ほどで、まっすぐ聳《そび》え立つ杉に囲まれた一軒の山小屋に辿り着く。

逃げ出す際はそんな余裕もなかったが、こうして改めて観察すれば、比較的まだ新しそうな高《たか》床《ゆか》式の山小屋だった。焦げ茶色の木の風合いが活かされた外壁と傾斜の大きい尖った屋根。その屋根には真っ白な雪が降り積もり、小屋自体も土台部分は積雪に埋もれている。

積もった雪に進路を阻《はば》まれたSUVは、山小屋の十メートルほど手前で停まった。SUVが停まった付近には、他にも二台の四輪駆動車が駐車されている。

エンジンを切り、キーを抜き取った男が、先に運転席から降りた。助手席に回り込んできて、ドアを開ける。

無精髭の浮く顎をしゃくった男に「降りろ」と命じられたが、迅人は応じなかった。じっと動かずに、夜目にもくっきりと彫りの深い男の貌を睨みつけて思案する。

どうにか不意を衝《つ》いて逃げ出したいけれど、男の正体に気がついた直後、両手を後ろ手に縛られてしまった。おまけに全裸で足は裸足。体が冷えきって体力も落ちているし、こんな状態で逃げたところで、早晩《そうばん》凍死するのがオチだ。

それに、ここに来るまでの二十分余りも機会を窺っていたが、男は一見飄然《ひょうぜん》とリラックスしているようで、その実まるで隙がなかった。

「降りろと言っているのが聞こえないのか?」

「…………」

だからといって、自分を騙《だま》した相手の言うことを素直に聞くのも癪《しゃく》で、唇を引き結んで黙っていると、男がうっすら眉をひそめた。

「ったく、手のかかるガキだな」

舌打ち混じりの低音を落とすなり、迅人の腕を摑む。二の腕に圧力を感じた一瞬後、ぐいっと引っ張られて体が傾《かし》いだ。

「うわっ」

SUVから強引に引きずり降ろされ、白い地面に足が着く。

「冷たいっ」

足の裏が触れる雪の冷たさに悲鳴をあげ、ぴょんぴょん跳ねているうちに、男が「そういや裸足だったな」と言って、迅人をブランケットごとひょいっと肩に担ぎ上げた。小麦の入った麻袋でも担ぎ上げる要領だ。

突然ぐるんっと天地が逆転して、逆さ吊りになった迅人は「ぎゃあっ」と大きな声を出した。

「お、降ろせっ! 降ろせってば!」

足をばたつかせて暴れたが、男は微塵《みじん》も揺るがない。「ぎゃあぎゃあ騒ぐな」といなされ、あまつさえ幼児を叱るみたいに尻をぺしっと叩かれた。

「あんまり暴れると頭に血が上るぞ。鼻血出したくなかったら大人しくしてろ」

低音で諫《いさ》めて男が歩き出す。男子高校生を担いでいることを窺わせない、しっかりとした足取りでぎゅっ、ぎゅっと雪を踏み締め、小屋に近づくと、今度は丸太でできた階段を上り始めた。

階段を上りきったところで、雪の積もったデッキに立ち、ドアの取っ手に手をかける。

ギィ……と軋《きし》んだ音を立てて、木製のドアが開いた。オレンジ色の照明に照らされた室内に男が足を踏み入れたとたん、ふわっとあたたかい空気に包まれる。

「賀門《がもん》さん！」

バタバタと数人の足音が近づいてくる気配がしたが、逆さ吊り状態の迅人から姿は見えない。

「お疲れ様です。俺らも手分けして探してたんですけど、賀門さんから携帯に連絡もらったんで戻ってきたところです」

「どのあたりで見つかったんですか？」

「おそらく国道を下ってるだろうと思って流してたら、中腹あたりでこいつのほうから飛び込んできた」

質問に答えた男が身を屈め、肩に背負っていた迅人を板張りの床に降ろした。ごろっと床に転がされた反動で、くるまっていたブランケットが剝《は》がれ、無防備な裸体があらわになってしまう。

「……っ」

両手を縛られているので股間を隠すこともできず、居たたまれずに体を起こして正座する迅人の頭上から、訝しげな声が落ちてきた。

「なんでこいつ、裸なんですか？」

顔を上げて、自分をぐるりと取り囲む、四つの顔を認める。

ひとつは先程「賀門」と呼ばれていた無精髭の男。

もうひとつが、ハンバーガーを無理矢理食べさそうとしたオールバック。

そして拉致誘拐犯の片割れの金髪ボウズ頭。

最後のひとつだけが見覚えのない顔だ。すっきりと整ったかなり端整な顔立ちをしている。体もほっそりしていて、目つきが異様に鋭くなければ充分に堅気《かたぎ》で通るだろう。切れ長の目が印象的なその美貌の男が、薄い唇を皮肉げに歪めた。

「この雪の中、裸で外に出るなんて自殺行為じゃないですか。それくらいわからない年でもないでしょうに」

「初《うぶ》そうなツラしてヤクでもやってんですかね？　ひょっとして露出狂とか」

金髪のボウズ頭がしゃがれた声を出す。

ひどい濡れ衣《ぎぬ》に反論したかったが、かといって本当のことを話すわけにもいかない。仮に真実を話したところで、信じてもらえないに決まっている。鼻でせせら笑われ、それこそラリっていると思われるだけだ。

結局、奇異なものでも見るような、四人の男たちの遠慮のない視線の中で、唇を噛み締めるしかなかった。

「どうやら自分で服を破ったらしいが……なんだってそんな真似をしたのか」

賀門が思案げな表情で顎髭を撫でる。

「とにかく、俺の前に現れた時にはすでにすっぽんぽんだった。氷点下でよくくたばらずに生きてたもんだ。若いとはいえ大した生命力だぜ」

賀門の感嘆めいたつぶやきの直後、美貌の男が隣りのオールバックを肘で小突いた。

「おい――須藤《すどう》」

低く凄むような声に、オールバックがひくっと頬を引きつらせる。

「この件に関してはおまえに任せておいたはずだ。自分が陣頭指揮執《と》ります、段取りも任せてくださいって、自分から名乗り挙げたんだよな？」

「……は、はい」

「だから俺はおまえに下駄《げた》を預けたんだ。それがなんだ？　連絡受けてこんな山ん中までわざわざ出向いてみりゃあ『逃げられました』って、ガキひとりまともに扱えねぇで、おまえそれでもやくざか？」

ねちねちと責められている間、思い詰めた表情で床を見つめていたオールバックが、突如膝を折る。床に両手をつき、その場にがばっとひれ伏した。

「賀門さん、すみませんっ！　俺がついていながらみすみす逃がしちまって！」

額を床に擦りつけて謝罪するオールバックを、美貌の男が背中からガツッと蹴りつける。

「謝って済むか、このボケッ」

「ほんっとすんません！　許してやってくださいっ」

「賀門さんの機転で無事に連れ戻せたからいいようなものの、そうでなかったらどう落とし前つけるつもりだったんだ。えっ!?」

「堪忍《かんにん》してください！　このとおりです！」

ひたすら謝り続けるオールバックの背中や腰、脇腹に、遠慮のない蹴りが連続で入る。さすがに悲鳴こそあげないが、浅黒い顔が苦痛に歪んでいる。迅人は思わず暴行シーンから顔を背けた。

その後はガツッ、ドスッという耳障りな音だけが響く。

「杜央《もりお》、それくらいにしとけ」

頃合いを見てか、賀門が止めた。

「須藤ばかりを責めるのも酷ってもんだ。普通は両手両足を縛っておけば逃げ出せない。マジシャンでもない限りはな」

含むもののある物言いに、そろそろと顔を戻して賀門と目が合う。

明るい場所で見る男の瞳は完全な黒ではなかった。グレイと茶色が入り交じったような複雑な色。灰褐《はいかっしょく》色とでも言うのか。不思議な色合いについ引き込まれそうになり、あわてて視線を引き剝がす。

今までのやりとりから推測するに、どうやらこの賀門が、グループのリーダーらしい。「杜央」と呼ばれている美貌の男は、その片腕といったところか。

「さて坊や」

腰を折り、床に片膝をついた賀門が、迅人の顎を大きな手で摑み、くいっと持ち上げた。

「どんな手品を使ったのか、説明してもらおうか」

「…………」

説明できっこない。

問いかけに答えず、黙って横を向く。そっぽを向いた顔を、強い力で引き戻された。

「どうやって拘束を解いた？　窓はどうした？　なんで裸になった？」

立て続けの質問にも頑なに口を閉じ続ける。と、賀門の傍らに立つ杜央が苛立った声を出した。

「おい、賀門さんの質問に答えろ！」

「…………」

それでも無言を貫《つらぬ》く迅人に、杜央の切れ長の双眸が物騒なぎらつきを放つ。身を屈めた杜央に顔をずいっと近づけられ、反射的に体が引けた。だが、賀門に顎をホールドされているので完全には逃げ切れない。

「てめえ……舐《な》めてんのか？」

低音で凄まれ、ぞくっと背中が震えた。さっきの容赦のない暴力を思えば、男の凶暴な性質は明らかだ。身内にさえ、ああだったのだから……。

何をされるかわからないといった漠然とした恐れに、脇腹にじわっと冷たい汗が滲む。

焦燥に駆られた迅人は、乾いた唇を舐め、干上がった喉の奥から掠れ声を絞り出した。

「手……手は必死に動かしていたら拘束が緩んだから。……足は自由になった手で解いた。窓は……椅子で割った」

目の前の賀門が、明らかに納得していない表情で、質問を重ねてくる。

「服を破ったのは？」

それが一番言い訳が苦しい。懸命に頭を巡らせたがしっくりとくる理由を思いつかず、苦し紛れに言葉を継ぐ。

「あ……暑かったから」

「適当なこと抜かすなっ！」

杜央の恫喝《どうかつ》に、迅人はびくっと身を震わせた。……やっぱり通用しなかった。

「ガキが……舐めくさりやがって」

ちっと舌打ちした杜央が、隣りの賀門に言う。

「賀門さん、俺が吐かせますから」

軽く肩を竦め、賀門が迅人から手を引いた。

「適当にしとけよ」

賀門が部下に任せて身を引いてしまったので、杜央と一対一になる。正面から捉えた男の双眸の中に、揺らめく殺気を認め、背筋がすーっと冷たくなった。

幼い頃の父の折檻以外に、直接的に暴力を振るわれたことはない。弟は中学の時によく不良に絡まれ、喧嘩《けんか》をしていたようだが、迅人はそういった経験もなかった。まともにビンタを張られたのだって、拉致の際に金髪に叩かれたのが十年ぶりだ。

何をされるのか。

内心で身構えていると、杜央が不意に腕を伸ばしてきて、迅人の二の腕を鷲摑《わしづか》んだ。素肌に指がきつく食い込み、思わず悲鳴が飛び出る。特に体が大きいわけでもないのに凄い力だ。

「痛……いたたたっ」

そのまま乱暴に引っ立てられる。

「本当のことを吐けっ！」

ガクガクと激しく揺さぶられ、頭が大きく前後にぶれた。目眩《めまい》がする。本当に吐きそうだ。

「吐けっ！」

リバースしないように奥歯を食いしばっていると、今度はどんっと強く突き飛ばされる。後ろに反《そ》っくり返った迅人は、板目の床にどしんっと尻餅をついた。

「い……つ……っ」

腰に受けたダメージから立ち直る前に、杜央がひらりと飛びかかってきて馬乗りになる。起き上がろうとしたが、果たせなかった。首を手で押さえつけられた反動で、後頭部がガツッと床にぶつかり、眼裏《まなうら》で火花が散る。

杜央が首を摑んだ手に力を込め、じわじわと締め上げてきた。

「苦し……っ」

喉が絞まって息ができない。酸欠でみるみる顔が真っ赤になり、眦に涙が滲んだ。

「くっ……うっ……」

迅人がもがき苦しむ様を見下ろす杜央は、顔色ひとつ変えない。それどころか口許に冷笑を浮かべ、低くつぶやいた。

「正直に吐かないと、どんどん苦しくなるぜ?」

「……っ……っ」

言えない。どんなに苦しくても言うわけにはいかない。神宮寺一族の『秘密』を明かすわけにはいかない。

(ちく……しょう……サド野郎)

だんだん目の前が暗くなって、意識が遠くなってくる。

もう駄目だ。墜《お》ちる……!

そう思った時だった。「杜央」と呼ぶ声が聞こえ、ふっと首の圧迫が消える。

「ごほっ、ごほっ」

急激に入ってきた空気に咽《む》せ、咳き込みながら、迅人は薄目を開いた。

涙で霞《かす》んだ視界に、不満げな杜央の横顔と、その肩を後ろから摑む賀門の憮然《ぶぜん》とした表情が映り込む。

「適当にしておけと言っただろうが。大事な預かりもんに何かあったら面倒だ」

「大丈夫です。ちゃんと加減はしてます」

尋問を邪魔され、明らかに不服そうな杜央に、賀門が苦々しい声を出した。

「俺はガキをいたぶる趣味はない。一方的なリンチを見学する趣味もな」

「…………」

ボスの不興を感じ取ったらしい杜央が、不本意な顔つきで迅人の上から退く。後ろに下がった杜央と入れ替わりに、賀門がふたたび前に立った。半身を起こした迅人を、腕組みの体勢で上から見下ろす。

「で？　正直に話す気になったか？」

「……話すも何も……さっき話したので全部だし……」

迅人が言い返すと、顎髭をカリカリと指先で掻きながら「杜央の尋問にも屈しないか。見かけによらず強情だな」とつぶやく。

「まぁいい。どうやって逃げ出したかを今更知っても意味はない。肝心なのは二度と逃がさないことだ」

低音を落とす男を、迅人は上目遣いに睨んだ。

「なんだ？　何か言いたそうだな」

言えよと促され、ずっと疑問に思っていたことを口にする。

「あんたたちって……東刃会の関係者かなんか？」

賀門がおもしろそうに片方の眉を持ち上げた。

「察しがいいな。度胸がいいだけじゃなく、どうやらおつむも優秀なようだ」

誉められたことよりも、男があっさりと東刃会との関わりを認めたことに驚く。

もう間もなく取引が始まるから、隠す必要もないってことか？

（やっぱり）

黒幕は東刃会だったのだ。

まだ大神組を傘下に引き入れることを諦めていなかったのだ。

「ガキを拉致るってのは気分がいいもんじゃないが……上からの命令じゃしょうがない。悪く思わないでくれ。うちはしがない三次団体なんでね」

嘯《うそぶ》く男を、迅人はもう一度キッと睨みつけた。

「俺を取引の材料にするつもりなんだろ？」

「おまえをどうするかは上の判断だ。俺の仕事はおまえを攫《さら》ってきて、上層部から指示が来るまでとっ捕まえておくこと」

「父さんはそんな卑怯な脅しに屈しない」

「さぁて、そりゃどうかな？」

片頬に不敵な笑みを浮かべた賀門が、身を屈めて迅人の顎を摑む。至近から目を覗き込まれた迅人は、意地でも視線を逸らさず、じっと見つめ返した。男がじわりと双眸を細める。

「澄んだ目ぇして……やくざの息子にしちゃずいぶんとまっすぐに育ったもんだな。よほど大事に育てられたと見える。その大事な息子を攫われて、さすがの神宮寺月也も今頃さぞ青ざめているだろうよ」

ひとりごちるように嘯き、迅人から手を離すと、背後の金髪とオールバックに命じた。

「二度と逃げられないように地下室に閉じ込めておけ」

「これを着ろ」

両手の拘束を解くなり、金髪がスウェットの上下を乱暴に押しつけてきた。オールバックは監視するように出入り口のドアに凭れて立っている。

裸でいるのは自分も恥ずかしかったので、迅人は素直にスウェットを着込んだ。すると今度は金髪に「床に四つん這いになれ」と命令される。躊躇《ためら》っていると「早くしろ！」と肩をどつかれた。

暴力のプロ二名が相手では抗《あらが》うのも無駄と諦め、渋々と床に両手と膝をつく。

「動くなよ」

左脚をむんずと摑まれ、反射的に抗って「動くな！」とどやされた。やがて、ひんやりと冷たい感触が足首に触れる。びくっと身震いした直後、カチッと金属が嵌《はま》るような音が聞こえた。

はっと振り返った迅人は、自分の左の足首に鉄の枷《かせ》が嵌められているのを認めた。しかも、その足枷は長い鎖と繋がっている。

「なっ……何するんだよっ」

意図に気がついて足をばたつかせたが、すでに遅く、金髪が鎖の端の輪を備え付けのベッドの脚にカチッと留めてしまった。これじゃあまるで、繋がれたペットだ。

「これでもうどんな手品を使ったって逃げられないぜ？」

にやにや笑いを浮かべたオールバックが嘲《あざけ》るような声を出す。迅人が逃げたせいで杜央にひどく足蹴にされたので、頭にきているのだろう。

「あのドアの向こうが便所とシャワーだ」

顎をしゃくって壁際のドアを指した金髪が、最後に「妙な真似すんなよ」とギロッと睨みをきかせ、身を返す。オールバックに続いて金髪が部屋を出ていき、バンッと耳が痛くなるほどの大きな音でドアが閉まったあと、ガチャッと鍵のかかる音がした。

階段を上がっていくふたり分の靴音を耳に、迅人は室内を見回す。

地下室は、十畳ほどの殺風景な四角い部屋で、床も壁もコンクリートが剥き出しだが、暖房が効いているようで、裸足でも冷たくなかった。

ドアがふたつあるのは、前に入れられていた部屋と同じだ。ひとつは出入りするためのドア。もうひとつが、シャワーとトイレが一緒になったユニットバスのドアらしい。

備え付けのパイプベッドとラウンドテーブル、椅子が一脚という備品も前回と同じ。

ただし今回は窓がない。なので外の様子はまったく窺い知ることができなかった。

とりあえず立ち上がってみる。動くたびに、鎖がじゃらじゃらと音を立てた。どうやら鎖の長さは充分で、部屋の中を動き回る分には問題ないようだ。

出入り用のドアに近づいてみた。頑丈そうな鉄板でできており、ちょうど顔のあたりに四角い覗き窓が付いている。覗き窓にはガラスと鉄格子が嵌っていた。

ノブを摑んで回してみたが、一ミリも動かない。少し離れて、今度は鉄板をどんっと両手で押してみた。びくともしない。最後は、できるだけ距離を取って勢いをつけ、思いっきり体当たりしてみた。――が、やはり鉄の扉に跳ね返されただけだった。

「くっそぉ」

堅牢《けんろう》な鉄の扉を数秒睨みつけてから、腹立ち紛れにガツッと蹴りつける。

「いっ……てぇっ」

左足の小指をしたたかぶつけて痛めた迅人は、右足でケンケンしながらベッドに近づき、どさっと身を投げた。

コンクリートに囲まれた地下室。窓もないし、ドアは鉄板。おまけに足枷付き。これじゃあ狼に変身したとしても逃げられない。

満月になって月齢が満ち、鎖がなんとかなったとしても、さすがに鉄の分厚いドアを打ち破るほどのパワーは、まだ未熟な自分にはない。

自力脱出は不可能。となるとあとはもう、助けを待つしかない。父や岩切たちがここを探し当てて助けに来てくれるのが先か、取引の俎上《そじょう》に載せられるのが先か。時間との勝負だ。

「ごめん……父さん。みんな……足引っ張ってごめん」

突っ伏した掛け布団につぶやく。

「ちくしょう……なんであんなやつの車の前に飛び出しちゃったんだよ、俺」

よりによって拉致の首謀者の前になんか！　飛んで火に入《い》る夏の虫とはまさにこのことだ。あの男、自分が手を振って車を停めた時、内心でほくそ笑んでいたに違いない。

不敵な笑みを浮かべた賀門を脳裏に思い浮かべ、ぎりっと奥歯を食いしばる。

せっかくのチャンスを自らふいにしたばかりか、逃げたことで敵の警戒心を煽《あお》ってしまった。

「馬鹿！　間抜《まぬ》け！　大馬鹿！」

掛け布団をぎゅっと握り締め、迅人は自分を罵《のの》り続けた。


後悔に歯噛みをし、自分を罵っている間に、いつしか眠ってしまったらしい。

「……う……ん」

じわじわと薄目を開けた迅人は、俯《うつぶ》せの状態で、自分の置かれた状況を徐々に思い出した。

（そうだ。俺……逃げ出したけど、また捕まって……地下に閉じ込められて……いつの間にか不《ふ》貞《て》寝しちゃったのか）

「って、どのくらい!?」

がばっと起き上がったとたんに、ずきっと節々に痛みが走る。

「痛ぇ……」

呻き声を落とし、もう一度布団に突っ伏した。

（なんか節々が痛いけど……筋肉痛か？）

ひさしぶりに変身したためかもしれないし、あの杜央とかいうサド男に手荒い扱いをされたせいかもしれない。

重怠い体を両腕で持ち上げ、今度はゆっくり、そろそろと起き上がる。ベッドの上に胡座《あぐら》をかき、前髪を掻き上げた。部屋の中を見回したが、寝てしまう前と様子は寸分変わらない。

「……今、何時だろう?」

時計もなければ窓もないので、時間がまったくわからない。まだ夜なのか、すでに朝なのかもわからなかった。

こうしている間にも、父さんたちは自分の行方を捜しているのだろうか。それとももうすでに東刃会から接触があり、交渉に入っているのか。

いずれにせよ、自分の存在が大神組の足を引っ張っていることには変わりがない。

「俺のせいで……」

何もできない自分に苛立ちが募る。ベッドから床に降りた迅人は、鎖を引きずりながらドアに近寄り、一縷《いちる》の希望に縋ってドアノブを捻った。だが案の定ノブはびくともしない。

「やっぱ駄目か」

がっくりと項垂《うなだ》れ、ふーっと嘆息を床に落とす。しばし失望に浸ったのちに、迅人は四角い部屋を行ったり来たりし始めた。そうしたからといってどうなるものでもなかったが、じっとしていられない気分だったのだ。

鎖をじゃらじゃらと引きずり、ちりちりと首筋を灼《や》く焦燥を抱え、部屋の中を十往復ほどした頃だったろうか。

カツコツカツコツとドアの向こうから靴音が聞こえてきて、びくっと肩を揺らす。

(誰か降りてきた!)

くるっと振り返り、息を詰めてドアを見つめていると、やがて靴音が止まった。覗き窓から誰かが顔を覗かせる。

逆光でも造作がわかる日本人離れした顔立ち。

——賀門。

部屋の壁際に立ち尽くす迅人を確認した賀門が、ガチャッと鍵を回し、ドアを引き開けた。室内に入ってきて、後ろ手にドアを閉める。

「朝メシ、持ってきたぞ」

白いシャツに黒のボトムという出《い》で立ちの賀門が、左手の紙袋を翳《かざ》して見せた。

(今、朝メシって言った。ってことはもう朝なのか)

賀門の台詞に、軽くショックを受ける。眠ったのは一瞬だったような気がしたが、どうやら思っていたより時間が経っていたらしい。

「ほら、こっちに来いよ」

ラウンドテーブルの上に紙袋を置いた賀門が、迅人を手招いた。

「…………」

警戒して近寄らない迅人に、にっと笑いかける。

「どうした? 食わないのか? 須藤が言っていたが夜食も食わなかったそうだな。そろそろ腹が減ってるんじゃないか？」

声をかけながら紙袋の口を開け、中からラップに包まれたサンドイッチの包みをふたつとオレンジジュースのブリックパックを取り出す。

それでも迅人が動かずにいると、片方のサンドイッチを手に取って指さした。

「俺の手作りだ。こっちがアボカドと卵とエビ。もう片方がトマトとチーズとキュウリ」

「……手作り？」

男の発言を聞き咎めた迅人は、賀門の手のサンドイッチをじっと見据えて、訝しげな声を出す。

「それ、あんたが作ったのか？」

「そうだ。俺はもう食ったが、かなり美味いぞ」

自慢げに胸を張られても、当惑が増すばかりだった。

人質の朝食作りなんて、仮にもリーダーの仕事とは思えない。本来は末端組員のやるべきことだろう。自分がやくざの家に生まれ育ったからわかるが、やくざは上下関係にことさら厳しい。

腑《ふ》に落ちないままに、迅人は確認した。

「あんた、どっかの組の組長なんだろ？」

「十人に満たない小さな組だがな」

「それだって……組長のあんたがなんでこんなこと……」

眉をひそめる迅人に、「他のやつらは帰したから、俺がやるしかないのさ」と賀門は答えた。

「帰した!?」

予想外の言葉に大きな声が出る。

「ああ、昨夜のうちにな」

肯定されて、ますます面食らった。逃亡したことで、むしろ見張りを強化されると思っていたので、この展開には意表を突かれる気分だった。

「な、なんで？」

「あいつらの仕事は、おまえを攫ってここまで連れてくることだ。その仕事が終わったから帰した。あいつらにはそれぞれ担当の持ち場があって、あれでも結構忙しいんだよ」

賀門のもっともらしい説明に思わず突っ込んだ。

「じゃあ、あんたは暇なの？」

「あいつらよりはな。携帯も通じるし、指示はここにいてもできる。軍隊だって大将は後方でどんと構えてるもんだろ？」

とぼけた返答をする男の、どこか飄々《ひょうひょう》として摑み所のない表情を、迅人は黙って見つめる。

（それにしても）

言わなければ当分はわからないのに、こんなにあっさり手の内を晒すなんて、どういうつもりだろう？

自分を子供だと思って舐めているのか。もしくは、鉄の足枷はさすがに外せないと思ってる？

男の真意を測りかねていると、賀門が「それに」と付け加える。

「おまえは頭がいい。一度の失敗でわかったはずだ。仮にお得意の手品を使って足枷を外し、逃げ出したとしても、徒歩で下山することは不可能だってことがな。車で降りるより他に手はないが、おまえはまだ免許は持っていない。そうだろ？」

だから見張りは自分ひとりで充分とでも言いたげな男を、迅人は睨みつけた。バイト先に現れたくらいだ。おおよその身辺調査は済んでいるのだろう。

（くそっ。馬鹿にしやがって！）

否定できないことにむかつく迅人に、賀門が「そう不満そうな顔するなって」と鷹揚《おうよう》な声を出す。

「俺だってできればガキの面倒なんか見たくない。いくら色白で綺麗なツラしてても男じゃ意味ねぇしな。ま、女だとしてもガキは守備範囲外だが」

軽く肩を竦めたかと思うと、わずかに表情を改めた。

「だが、おまえは大事な預かりもんだ。それに世の中何事も百パーセントってことはないからな。万が一に備えて俺が体を張ることにしたってわけだ」

部下に任せておいて逃げられたという苦い思いもあるのだろう。

「というわけで、今日からおまえの面倒は俺が見る」

宣言された迅人は眉間に皺を寄せた。

つまり、これから先は、こいつとふたりきりってこと？

そりゃ杜央とふたりきりよりかはマシかもしれないけど。

（でもこいつ……なんか苦手だ）

客として初めて会った時、「大人の格好いい男」という好印象を抱いたせいかもしれない。なのに裏切られたっていうのもあるし、キャラクターがなんだか摑めなくて、一緒にいると落ち着かない気分になる。杜央みたいにわかりやすくサディストとか、他の部下みたいにいかにもやくざ然としていれば、相応の対処の仕方もあるが、賀門はそのどちらでもない。

かといって善人でももちろんない。

曲がりなりにもやくざのヘッドであるからには、シノギのためにあくどいことにも手を染めているんだろうし、そもそも自分を拉致した首謀者なのだから、自分にとって敵なのは確かだ。

(そうだ。こいつは敵だ)

結論を導き出し、眼光を強める迅人に、賀門が片頰を歪める。

「気に入らないってツラだな、坊や」

坊や呼ばわりにむかっときて「坊やじゃない！」と怒鳴った。

「おー、こりゃ失礼した。神宮寺迅人、だったな」

男がにやりと笑う。

「俺のことは賀門でも士朗《しろう》でもいい。好きなほうで呼んでくれ」

(誰が名前でなんか呼ぶかよ！)

心の中で吐き捨て、迅人は賀門を睨《ね》めつけた。

「……なんで俺だったんだよ？」

「あ？　なんだって？」

「別に弟の峻王だってよかったはずだ。……なんで俺？」

「ああ……正直、どっちでもよかったんだが、弟は見るからに手強そうだったのと、上からの指示で身辺を探り始めた頃、おまえがちょうどバイトを始めたんでな。あわよくばと張らせていたら、こっちの狙いどおりに隙を見せてくれたってわけだ」

隙を見せたなどと揶揄され、いよいよ顔が険しくなる。

「……『みずほ』に来たのは？」

「決行の前に自分の目でターゲットを見定めておきたかった」

「……で？」

賀門がひょいっと肩を持ち上げた。

「素直で扱いやすそうだった。これならイケると思った」

「…………っ」

「ま、舐めてた分のしっぺ返しは食らったが……」

ぼそっと低くつぶやいた賀門が、気を取り直したように話しかけてくる。

「迅人、これからはふたりきりだ。どのみち上からの指示待ちだし、そうピリピリせずにまったり仲良くやろうぜ」

のんびりとした口調で馴《な》れ馴れしく呼び捨てにされて、苛立ちがＭＡＸに至る。

なぁにが仲良くだ！　まったりだ！　敵同士なのに！

迅人の好戦モードを躱《かわ》すように、賀門が左手の親指で壁を指した。

「あそこにブザーが付いている」

ちらっと横目で見る。示された場所には、よく見れば小さな突起があった。

「何か急用ができたら、あれを押せ。俺も定期的に見回りには来るけどな。三食はちゃんと運んでやるから安心しろ。まずはこのサンドイッチ、栄養のバランス考えて作ったんだから残さず食えよ」

サンドイッチの包みをテーブルの上に置き、そう念を押すと、男は「じゃあな」と踵を返して地下室を出ていった。

バタンと閉まったドアをしばらく睨みつけてから、ゆっくりとラウンドテーブルに近づく。男が置いていったサンドイッチの、色鮮《あざ》やかな具材を間近で見た瞬間、腹の虫がぎゅーと鳴いた。

(手作りだけあってたしかに美味そうではあるけど……)

あいつが作ったものを食べたら、まるで餌付けされるみたいで……。

テーブルにくるりと背中を向けた迅人は、空腹を訴えるぎゅるぎゅるという腹の音に被《かぶ》せるようにひとりごちた。

「誰が食うもんか!」

食べないと決めたはいいが、他にやることもないので、ベッドの上で膝を抱える。普段は時間を持て余すという感覚がほとんどないから、本気で何をすればいいのかわからなかった。何せ携帯もネットもテレビもラジオもないのだ。せめて本か雑誌があれば、とも思ったけれど、すぐに読書という気分でもないと考え直した。きっと目で文字を追っても内容が頭に入ってこない。

空腹自体は三十分ほどで治まったが、するとと今度は朝からの怠さが本格的になってきた。関節がギシギシ軋んで、背中がぞくぞくし始め、全身に悪寒が走る。

「なんか……寒い」

風邪だろうか。そういや起きた時、節々が痛かったし。

やっぱり雪の中を裸で歩き回ったのがいけなかったのかもしれない。

寒気がどんどんひどくなってきたので、掛け布団の中に潜り、猫のように丸まった。それでも細かい震えが治まらない。

(ヤバイ。熱……出てきたかも)

ものすごい勢いで体温が上昇していくのがわかる。高熱のせいか、頭がぼーっとしてきた。額の生え際にじっとりと嫌な汗が浮く。頭は沸騰《ふっとう》しそうに熱いのに、首から下は氷水にでも浸《つ》かっているみたいに寒くてたまらない。

(寒い……寒い)

基本的に丈夫な質で滅多に風邪も引かないので、ここまでの高熱は初めての経験だった。

頭がグラグラ煮立つほどの熱って……大丈夫なのか、俺……。このまま……熱で脳がやられて死んだりしないよな?

だんだん不安が募ってきて、ぎゅっと自分で自分を抱き締めた瞬間に、ふっと思い出した。

そうだ、ブザー。

――何か急用ができたら、あれを押せ。

ブザーを押せば、賀門が来てくれる。なんとかしてくれるかもしれない。

でも……あいつに弱みを見せるのは嫌だ。敵に助けを求めるのも……嫌だ。

大丈夫だ。こんなの直に治る。大人しく寝ていれば今に熱だって下がる。

そう自分に言い聞かせ、布団の中でぶるぶる震えていると、階段を降りてくる靴音が聞こえ、続いてガチャッとドアが開く音がした。

(……賀門？)

「食ってねぇのか」

ほどなく、ため息混じりの低音が聞こえる。

「食べ物を粗末にするなって親に躾けられなかったのか？」

「…………」

小言に応える余裕はまったくなく、迅人は全身を蝕《むしば》む高熱とひたすら闘っていた。おこりのような震えに奥歯を食いしばりつつ、心の中で念じる。

(早く……出ていってくれ)

こんな無様《ぶざま》な姿を見られたくない。

「これだから飽食世代のガキは……」

ぶつぶつ零していた賀門が、ふと気がついたように言った。

「まさか警戒してんのか？　毒なんて入ってねぇって。むしろこっちはおまえに健康でいてもらわないと困るんだよ」

（そんなあんたの都合なんかどうでもいいから早く！）

「自分で食わねぇと、無理矢理にでも口ん中に突っ込むぞ」

脅し文句を口にした賀門が、ベッドに近づいてくる気配がする。

（あっち行けって！）

だが願いも空《むな》しく、すぐ側から苛立った声が聞こえてきた。

「何不貞腐れてんだ。シカトしてないで返事くらいしろよ。おい、こら！」

怒声と同時に、ばっと掛け布団を捲《めく》られる。

「………っ」

覆っていた布団を剝ぎ取られた体が、ぶるっと大きく震えた。

横向きになり、胎児のように小さく丸まった迅人を見下ろして、賀門が太い眉をひそめる。

「どうした？　調子悪いのか？」

「…………」

違うと虚勢を張ったところで一目瞭然だ。だからといって認めるのも癪で黙っていると、大きな手が額に触れてきた。ひんやりとした手のひらが熱に火照《ほて》った額を包み込む。

（……気持ち……いい）

あまりの心地よさに、カラカラに干上がった喉からほっと吐息が漏れた。

「すげぇ熱だな。いつからだ？」

「さっき……急に……寒気が来て」

掠れた声で、どうにか途切れ途切れに答える。

「昨日あれだけ無茶したからな」

掛け布団を戻し、肩までしっかり迅人を覆った賀門が、「ちょっと待ってろ」と言い置いて部屋を出ていった。ガタガタと震えながら待っていると、五分ほどしてふたたびドアが開き、大股で戻ってきた賀門がベッドの脇に立った。ラウンドテーブルを引き寄せ、その上にミネラルウォーターのボトルと小さなガラスの瓶、そして氷嚢《ひょうのう》を置く。

「起こすぞ」

ベッドに腰かけた賀門が、迅人の体の下——肩胛骨《けんこうこつ》の下あたりに右腕を差し入れた。その手で上半身を支えるようにしてゆっくりと抱き起こす。最終的には、賀門の胸に背中を預けるような体勢になったが、もはや抗う気力もなかった。

迅人を後ろから抱え込んだ賀門が、左手を伸ばしてテーブルの上のガラス瓶を摑んだ。片手で器用に瓶の蓋《ふた》を開け、中から取り出した白い錠剤を指先で摘《つま》み、迅人の口許に持ってくる。

「解熱剤だ。飲め」

迅人は首を横に振った。

「い、や……だ」

売薬を飲むことには本能的な恐怖がある。

生まれてこの方、神宮寺家のホームドクターである主治医の水川《みずかわ》が処方するものしか口にしたことがないからだ。水川一族は先祖代々神宮寺家に仕え、その『秘密』を護ってきた御三家のひとつだ。

「飲まなきゃ熱が下がんねぇぞ」

「やっ……」

頑なに拒み続ける迅人に苛立ったらしい賀門が、ちっと舌打ちを落とした。

「ったく、強情っぱりが」

顎を摑まれ、鼻を指で摘まれる。

「……んっ……ぐ」

たちまち息が苦しくなり、思わず開いた口の中に錠剤を放り込まれた。吐き出す前に顔を仰向けられてしまう。

「っ……んあっ……っ」

喉に落ちてこないように舌で懸命に錠剤を押し返していると、濡れた感触が唇に覆い被さってきた。顔にざらっとした髭が触れる。

(……え?……)

く、口と口がくっついてる？

衝撃の事実に両目を大きく見開くのと同時に、冷たい水が口腔《こうこう》内に流れ込んできた。

「………っっ」

しまったと思った時にはもう遅く……ごくんと喉が上下する。抗う術《すべ》もなく、水と一緒に錠剤を飲み込んでしまった。

(飲んじゃった！)

ショックを受けている間に賀門が唇を離す。解放されたとたんに迅人は咽せた。

「ごほっ、ごほっ」

「せっかく飲んだんだから吐き出すなよ」

「げほっ……」

涙ぐみながら、迅人は二重の意味での衝撃に呆然としていた。薬を飲んでしまったのもショックだが、それを上回る衝撃がもうひとつ。

(今……口移しで水飲まされたよな？)

深く考えたくないけど、それってキ……。

「これで少し楽になるといいんだが」

故意ではないにせよ、迅人のファーストキスを強引に奪った男がつぶやく。

「医者を呼ぶわけにゃいかねぇからな」

「………」

それについては……正直なところ助かった。

下手に医者に診《み》られて『秘密』に気がつかれでもしたらかなりまずい。検査機関をたらい回し

にされた挙げ句に隔離・幽閉。運が悪ければアメリカの研究機関行きだ。

市販の薬で済んだだけマシかもしれない。……自分には効かない気もするけれど。

「これで少し様子を見よう」

迅人をふたたび寝かしつけた賀門が、額の上に氷嚢を載せ、掛け布団を肩まで持ち上げる。最後に電気の光量を絞ると、そっと部屋から出ていった。


迅人の予想は当たり、解熱剤は効かなかった。

「……下がらねぇな」

難しい顔つきでベッドの脇に立ち、賀門がガリガリと頭を掻く。

薬を飲んでから三十分は経ったと思うが、熱はいっこうに下がらなかった。むしろ上がったような気がする。寒気、筋肉痛、関節痛に加え、今は頭が割れるように痛かった。

「頭……痛い」

「そりゃこれだけ熱がありゃあな」

首筋に触れ、顔をしかめた賀門が、苦々しい声を落とす。

「寒い……」

譫言《うわごと》のように「寒い、寒い」と繰り返す迅人を、しばらく思案げな面持ちで見下ろしていたかと思うと、不意に掛け布団を捲り、ベッドの中に入ってきた。

「ちょっと詰めろ」

耳許に囁いて、硬い体がぴったりと背中に密着してくる。

「な……何？」

状況が呑み込めず、反射的に身を強ばらせる迅人を、逞《たくま》しい腕が引き寄せた。大きな体に抱き込まれ、とっさに抗いかけたが、四肢に力が入らない。弱々しく身じろぐことしかできなかった。

「いいから大人しくしてな。薬が効かないんじゃ、原始的な方法で体をあっためるしかない」

（あった……める？）

賀門の意図が漸《ようや》くわかり、体の力を少しだけ緩めた刹那——鼻孔を甘い匂いが掠めた。

（あ……あの匂いだ）

初めて会った時にも感じた不思議な匂い。やっぱり賀門の体臭なんだろうか。

そんなことをぼんやりと考えているうちに、迅人をすっぽり包み込む賀門の体から、じわじわと彼の体温が伝わってきた。

（あったかい……）

赤外線のような熱が、じんわりと染み込んでくる。少しずつだが、体が芯から温《ぬく》もっていくのを感じた。いつしか震えも治まり、それと引き替えに、とろとろとした眠気が襲ってくる。

「……眠れるなら眠れ」

耳許の低い囁き。大きくて頑丈な体に包まれる安寧《あんねい》。

心地よいぬくもりに迅人の意識は徐々に遠ざかり、ゆっくりと深い眠りへと落ちていった。

5

喉の渇きで目が覚めた。

背中に感じる硬い筋肉、規則的な呼吸、体を包む込む腕の重み——それらを意識するのに伴い、自分に寄り添う賀門の存在を思い出す。

そうだった。寒くて震えが止まらなくて……薬を飲んでも効かなかったから、賀門がベッドの中に入ってきてあたためてくれたんだっけ。

自分を包み込む大きな体から伝わってくる体温が心地よくて……だんだん眠くなってきて……。

——……眠れるなら眠れ。

記憶の最後にある耳許の掠れた囁きをぼんやり反芻する。

その囁きに誘われるように、いつの間にか眠りに落ちていた。

どれくらい眠っていたのかわからないけど、今もまだこの状態ということは、その間ずっと体をくっつけてあたためてくれていたってことだよな。

女の子と違ってやわらかくない自分の体なんか抱き締めていたって気持ちよくもなんともないだろうし、狭いベッドの中でじっとしているのは窮屈だったろうに……。

(悪かったな)

そう思うんだったら、もういいからと言えばいいのに、なんとなくまだ動きたくなかった。添い寝されていると、子供の頃に還《かえ》ったみたいで……。

（気持ち……いい）

迅人は小さく息を吐いて目を閉じた。敵である賀門の胸の中でこんなふうに安寧を感じている自分はおかしいのかもしれない。今、この瞬間だって、みんなは自分のことを必死に探しているのかもしれなくて。

でも、もうちょっとだけ……もう……少しだけ。

硬くて張りのある大きな体にすっぽりと包まれたまま、その心地よさにうとうとしていた迅人は、ふと、耐え難《がた》い喉の渇きを覚え、薄目を開けた。

（あ……れ？）

眠りにつく前はぶるぶると震えるほど寒かったはずなのに、今は一転して——熱い。

うっすら汗ばむくらいに全身が火照り、喉がひりひりと干上がるような感覚も刻一刻とひどくなってきている。

発熱のせい？

だけど、それともちょっと違う気がした。

今までに経験のある風邪の時の発熱とは、なんだか……違う。

上手く言えないけれど、普通の熱じゃない気がする。汗と一緒に蒸発していくような熱じゃない。もっと重くて、体の奥底に溜まるようなどろどろとした熱だ。

その熱は、とりわけ下半身に集中して溜まっている。腹の下あたりがズキズキと疼《うず》き、重苦しくて腫《は》れぼったい感じ。

(なんだこれ?)

こんなふうになったのは初めてだった。

生まれて初めての体感に戸惑いながらも、下半身のむずむずした感覚に耐えきれずに身じろぐ。すると、背後の男が抱き締めていた腕をわずかに緩めた。

「起きたのか?」

耳許に囁かれ、ぴくっと体がおののく。

「具合はどうだ?」

耳殻《じかく》に吹き込まれる吐息混じりの低音に、ぞくぞくっと背筋が震えた。

(あ……?)

「……迅人?」

問いかけに答えようと思うのだが、喉がカラカラに渇いてしまっていて声が出ない。

「どうした?」

訝しげな声を発した直後、背後の賀門が動く気配がした。フリーズしている迅人を離して、身を起こす。

「まだ寒いか?」

男が覆い被さるように迅人の顔を覗き込んできた時だった。ふわっと甘い香りがして、トクンッと鼓動が跳ねる。

あの……匂いだ。

添い寝されている間もずっと包み込まれるように賀門の体臭を感じていたけれど、今、ひときわ強く芳香を感じた。

（めちゃめちゃ甘い）

熟《う》れた果実のような、濃厚な匂いに頭の芯がくらっと眩んだ——刹那、自分の体の変化に気がつき、カーッと頭に血が上る。

（俺……なんで？）

股間の性器が芯を持ちつつあることを自覚して、迅人は激しく狼狽《うろた》えた。

勃《た》……勃ちそう。いや……もう半分勃ってる。

馬鹿！　なんでこんな時に!!

普段はどちらかと言えば淡泊なほうだ。欲情を持て余して眠れないなんてこともないし、この年でまともにAVを観たこともなければ、エロ本も持っていない。もちろん定期的に処理はしているけれど、弟やクラスメートと比べても、自分は欲望が薄いほうだと思っていたから（そしてそれがひそかなコンプレックスでもあったから）思いがけない下半身の反乱にかなり焦った。

よりによって、こんなタイミングでもよおすなんて最悪！

どっと嫌な汗が全身の毛穴から噴き出て、心臓がバクバクと脈打つ。

鎮《しず》まれ！　鎮まれって！

心の中で必死に念じ、半勃起したペニスをクールダウンしようとしたが、いっかな鎮まる様子はない。それどころか、どんどんそこに熱が集まって、下腹部が痺れるみたいにジンジンと疼く。

(どうしよう)

首の後ろにじわっと冷や汗が滲んだ。

こんな状態、賀門に気がつかれたら……恥ずかし過ぎて死ぬ！

羞恥と動揺のあまりに半泣きの表情で、迅人は下半身をもじもじと蠢かした。変化した股間をなんとか脚で隠そうとしたが、その不自然な動きを却《かえ》って賀門に見咎められてしまう。

「何をもぞもぞしてる？」

至近からの問いかけにびくっと肩を震わせた。自分を訝しげに見つめる男の双眸から、じわじわと視線を逸らす。

「迅人？」

「…………」

息を詰めて答えずにいると、賀門がさらに顔を近づけてきた。

「おまえ……顔真っ赤だぞ。まだ熱があるのか？」

こつんと額に額をくっつけられて、甘い微香《びこう》を含んだ吐息が顔にかかり、いよいよ体温が上昇していく。

(顔近いってば！)

顔が……火を噴きそうに熱い。息が……苦しい。心臓が今にも破裂しそうだ。

あそこも完全に勃ってしまった。

これ以上は……もう耐えられない！

焦燥に駆られ、身を捩ってベッドから逃げ出そうとしたら、背後から賀門に腕を摑まれた。

「なんだよ？　どうしたんだ？」

「放せっ！」

「こら、暴れるな。まだ熱があるんだから大人しくしてろって」

「放せってば！」

賀門の手を振り払おうとして、逆に強く引っ張られる。

「あっ」

ベッドに引き戻されるやいなや、仰向けに組み敷かれた。乗り上げてきた賀門の膝が、迅人の股間に当たる。

「……っ……」

弾みでぐりっと刺激され、声にならない悲鳴が喉を震わせた。

「おっと、すまな……ん？」

謝罪の言葉を途中で切り、賀門が胡乱《うろん》げに見下ろす。

「……おまえ」

（き……気づかれた？）

カッとこめかみが熱くなる。とっさに横を向き、奥歯をぎゅっと嚙み締めていると、賀門が納得したような声で「なーる……そういうことか」とひとりごちた。

「………っ」

気がつかれてしまった。

もう死にたかった。目の前がすーっと暗くなる。

「んな死にそうな顔するなって」

おかしみを堪えるようなつぶやきが落ちてきて、引きつった迅人の頬をあやすみたいに軽くぱちぱちと叩いた。

「男の生理現象だよ。熱が出たりするとたまぁに勃っちまうことがある」

「………」

横目でちらっと窺う。賀門の顔に、恐れていたような嘲笑や侮蔑《ぶべつ》はなかった。

そろそろと視線を戻し、おずおずと「ほ、本当に？」と確認して、鷹揚にうなずかれる。

「別に恥ずかしがることじゃない。むしろ十八歳男子としては勃たないほうが問題だろ？　健全健全」

そんなふうにあっけらかんとフォローされ、若干救われた気分でほっと息をついたすぐあとだった。出し抜けに伸びてきた賀門の手が、スウェットの上から迅人の股間をぎゅっと握る。衝撃に「ひぁっ」と高い声が出た。

「……なっ、何すっ……」

払いのける前に賀門があっさり手を引く。

「こりゃあ相当キテるな。辛いだろ？」

「……う……」

否定できず、言葉に詰まっている間に、先に賀門のほうから「抜いてやるよ」と言い出した。

「えっ？　ぬ……抜く？」

「おまえはまだ熱があるからな。動くのきついだろ？　だから俺が代わりに抜いてやる」

「…………」

予想外の申し出に虚《きょ》を衝かれ、返す言葉を無くす。

代わりに抜くって――つまり他人の性器に触れて解放に導くってことで……そんなの気持ち悪くないいんだろうか。

目の前の大作りな顔をまじまじと眺めていると、逆に賀門が尋ねてくる。

「友達と抜きっこしたことないのか？」

「……そんなのない」

首を横にふるふる振った。賀門が軽く肩を竦める。

「俺がガキの頃は抜きっこでテクを盗み合ったもんだがな」

友達――たとえば永瀬とお互いのものを握ってマスターベーションし合うなんてとても考えられずに、迅人は眉をひそめた。

「んな汚れたもん見るような目で見るなよ。潔癖症か？　ま、さすがに俺も女を知ってからはないけどな」

どうやら細かいことはあまり気にしない質らしい男が、肉感的な唇の片端を持ち上げて、自信満々に請け負う。

「そんなわけで心得があるから任せろ。自分でやるよりずっと気持ちよくしてやるよ」

「スウェットを下ろして見せてみな」

普段だったら、こんなことを命じられて素直に従ったりしない。だが今の迅人は、かなり切羽《せっぱ》詰《つ》まっていた。

とにかく一秒だって早く、ドクドクと疼く下腹部の「熱」から解放されたい一心で、男に言われるがままに腰を上げ、スウェットパンツをそろそろと太股のあたりまで下げる。もとより下着は穿いていなかったので、その段階で完全にエレクトしたペニスがぶるんと飛び出した。

「おー、元気いいな」

どこか楽しそうに言って、賀門が迅人の股間に顔を寄せる。

「どれ？　ほーう。いっちょ前にちゃんと剝けてるじゃねぇか。細身だが形はいいし、色も綺麗なピンク色。持ち主に似て美チンだな」

「ひ、批評とかいいからっ」

真っ赤な顔で叫ぶ迅人に、賀門が「誉めてやってんのに」とにやつく。

「ま、使い込んでないのは一目瞭然だがな。坊や、童貞か？」

「……っ」

(こいつッ……だから坊やって呼ぶなって!!)

自分をからかって、こんな山奥で見張り役を強いられていることの憂さを晴らしているに違いない。腹が立ってむかむかしたが、それよりも下半身事情のほうが逼迫《ひっぱく》している。

「そんなのどうだっていいだろ!」

恥ずかしさと怒りの発露《はつろ》を求め、迅人は声を張り上げた。

「す、するなら早くしてくれよっ」

「わかったわかった。そうキレるなよ。ちゃんとメシ食わないからホルモンバランスが崩れてキレやすくなるんだぞ」

もっともらしい小言を口にしながら、賀門が「んじゃ、俺の膝の上に後ろ向きに乗っかれ」とベッドの上に胡座をかく。

「そのほうがやりやすい」

背中を壁に預けた男の膝に、迅人は鎖を引きずっておずおずと座った。

「後ろ向きにって……こう?」

「そうだ。体の力を抜いて楽にしてろ」

男の両手が前に回ってきたとたん、ふわっと甘い体臭に包まれ、ぞくぞくっと背中が震える。

(……なんで)

なんで俺、こんなにこの男の匂いに弱いんだろう?

「脚開け……って言ってもスウェットが邪魔だな。全部脱げよ」

「足枷があるから脱げないよ」

「片脚だけでもいいから脱ぎな」

賀門に命じられると、なぜか逆らえない自分を訝しみつつも、迅人はスウェットパンツを足首までずり下げ、右脚から引き抜いた。まだ左脚の足首にくしゃくしゃのスウェットが溜まっているが、とりあえず開脚できるようにはなる。でも、いざとなると自分で脚を開くのは恥ずかしくてできなかった。

「……っ……」

躊躇《ちゅうちょ》する迅人のふたつの膝を、賀門が両手で摑み、ぐいっと左右に割り広げる。

「ほら、真っ白ですべすべのあんよ、ちゃんと自分で摑んで広げてろ」

言われて仕方なく、開いた太股の内側に手を添え、固定した。俯いた視線の先に、薄いヘアや勃起した性器がふるふると揺れているのが見え、じわっと顔が熱くなる。

「お願い……早く」

恥ずかしさに居たたまれず、小声で乞《こ》うた。こんな羞恥プレイ、一秒でも早く終わらせてしまいたい。これ以上長引いたら、頭がどうかなりそうだ。

その求めに応じるように、賀門の大きな手が迅人のほっそりとした性器を包み込む。自分以外の誰かの手で握られたのは初めてで、ただそれだけでペニスがびくっと震えた。

「さすが若いだけあって元気がいいな。びくびくしてやがる。こりゃそう保たないかもな」

つぶやいた賀門が、ゆっくりと手を動かし始める。一見して無骨そうな手なのに、その動きは思いがけず繊細でやさしかった。

(あ……気持ち……いい)

軸全体をやさしく扱かれ、初めて体験する他人の手の愛撫に、うっとりと目を細める。

自分でやるのとは全然違う。自分で慰める時は、拙《つたな》さからかどこか空しさを伴うけれど、これは違う。

がっしりと逞しい体に抱き込まれ、指の長い大きな手で施されるソフトタッチの手淫に、薄く開いた唇から熱っぽい吐息が漏れた。

あまりの気持ちよさに陶然と身を任せていると、賀門が敏感な裏の筋を指でつーっと撫で下ろした。

「……あっ」

思わず高い声が飛び出る。それも自分でも聞いたことがないようなすごく甘ったるい声で、迅人はあわてて喉をしめた。

だが、続けて括《くび》れの部分を指の腹で強めに擦られて、またもや小さく声が出てしまう。

「んっ」

「気持ちいいか?」

「……ん……ん」

否定する余裕もなく、耳許の囁きにこくこくとうなずいた。すると背後の賀門がふっと笑う気配がして、今度は親指の腹で亀頭を丸く撫でられた。

「おまえ、こんなとこまでクリームみたいにすべすべだな」

感嘆めいた低音を落とし、ぐりぐりと円を描かれる。

「あぅっ」

「おっと……先っぽから溢《あふ》れてきた」

「……嘘」

「嘘じゃねぇよ。自分で見てみろ」

男の言葉は嘘じゃなかった。先端の浅い切れ込みから、つぷっと透明な滴《しずく》が溢れている。賀門が指を動かすたびに、にちゃにちゃと粘ついた水音がして、生々しい音に耐えきれず、迅人は耳まで真っ赤に染まった顔を左右に振った。

「嫌だ……やっ……」

「嫌だってわりには溢れてきてるぞ。どうやら感度もいいようだな。……もうぬるぬるだ」

恥ずかしい状態をわざと知らしめるかのように、賀門が手のひらを大きく上下に動かす。いつの間にか軸まで滴《したた》り落ちていた先走りが、ぬちゅっ、くちゅっと淫らな摩擦音を立てた。

いつもはこんなに濡れないので、自分でもびっくりする。

こんな……滴るくらいに溢れちゃうなんて……おかしい。

感じ過ぎる自分が怖くなった。耳に届く淫靡な濡れ音に胸がざわざわする。

なんだか自分の体じゃないみたいで……。

(怖い)

「やだ……やめて」

とっさに声が出る。

耳を塞ぎたいけれど、両脚を掴んでいるので塞ぐことができない。ジレンマと羞恥に、黒目がじわりと濡れた。

「やめて……っ」

「やめていいのか?」

不意に手を離される。要望どおりに賀門の手が離れた瞬間、突き放されたような心細さを覚え、迅人は息を呑んだ。視線の先で、濡れそぼったペニスが頼りなげに揺れている。

「あ……」

「やめろって言うなら、俺は別にやめてもいいんだぜ?」

底意地の悪い言葉を突きつけられ、きゅっと唇の端を引きつらせた。

「……嫌だ」

肩を震わせ、消え入りそうな小声でつぶやく。

「嫌? 嫌ってどっちだよ? 気持ちよくされたいのか? されたくないのか?」

意地悪な男に問い質された迅人は、下唇を噛んだ。

漠然とした恐れと逼迫した情欲の間でしばらく揺れていたが、

「どっちなのか、はっきりしろ」

苛立ちを含んだ低い声音で返答を迫られ、恥辱を押し殺して「……して」とねだる。

「気持ちよく……して」

「はじめっから素直にそうしてりゃいいんだよ」

鼻で笑った賀門が、もう一度迅人を握った。大きな手に包まれてほっと息をつく間もなく、もう片方の手が陰嚢《いんのう》を摑む。双球を転がすみたいにたっぷり蜜の詰まった袋を揉《も》みしだかれ、それと同時にペニスをぬるぬると扱かれた。鞣《なめ》し革のような硬い皮膚で擦られた場所から、ねっとりとした快感が染み出してくる。

「あっ、あっ」

悪辣《あくらつ》な手で未知の官能を引き出され、もはや堪えきれない喘ぎ声が喉から迸《ほとばし》った。

(熱い)

下腹が燃えるように熱い。

体の奥に溶鉱炉があって、そこからどろどろしたマグマが絶え間なく噴き出しているみたいだ。

「……あんっ……あんっ……」

突き上げるような欲情に圧され、迅人は嬌声をあげながらうずうずと腰を揺らした。こんないやらしい声を賀門に聞かれているのかと思ったら死ぬほど恥ずかしかったけれど、どうしても止まらなかった。

「んっ……ぁん……んっ」

すると、男の手が甘い喘ぎ声に応えるようにピッチを上げる。

気持ち……いい。こんなに気持ちいいの……初めてだ。これに比べたら、今までの自慰はなんだったんだって思うくらい……気持ちいい。

巧みな手の動きに秒速で射精感が募ってきて、頭が白くぼぅっと霞んだ。

もう、すぐそこまで来ている。

内股がぴくぴくと震え、足の先が突っ張った。

「……も……出るっ……出ちゃうっ」

体をくねらせ、涙声で訴える。

「達けよ。いいから達っちまえ」

耳許の掠れた低音が放埒《ほうらつ》を促した。さらにピッチの上がった抽挿《ちゅうそう》に追い上げられて、迅人は白い喉を反らす。

「あっ、あっ……あ……あぁ――っ」

びくんっと全身で跳ねた刹那、ペニスが弾けた。ぴゅるっと勢いよく迸った精液を、賀門が手のひらで受け止める。

「いい子だ。たっぷりミルクを出したな」

放物線の頂点から一気に落下した脱力感に、くったりと賀門の胸に凭れかかった迅人は、男の手のひらの白濁をぼんやりと眺めた。たしかに、いつもより量が多いかもしれない。

「……ふ……」

絶頂の瞬間も、今までに経験したことがないくらいに気持ちよかった。

だけど……。

吐き出したあとに訪れる解放感は、今日に限って長く続かなかった。

(おかしい)

いっぱい出したはずなのに、思いっきり達したはずなのに、体の「熱」がいっこうに引かない。まだ下腹がドクドクと疼いている。むしろさっきよりひどくなっている気すらして、迅人は涙の粒を纏ったまつげを瞬かせた。

こんなこと、今までなかった。大概は一回出したらそれですっきりするのに……。

困惑に眉根を寄せる迅人の視線の先で、たった今弾けたばかりの性器がむくむくと頭をもたげ始める。迅人は濡れた双眸を見開いた。

(う……そ)

信じられない。もう!?

自分の体なのに、そこだけ自分じゃないみたいだった。

「な……なんで?」

戸惑いの声が零れるのと同時に、耳許でひゅーっと口笛が鳴る。

「顔に似合わずエロいな、おまえ」

賀門に覚られたことを知って、カーッと顔に血が上った。

「ち、ちがっ……これっ、違うっ」

必死に否定しようとしたけれど、口で何を言っても、体がしっかり勃起してしまっているのだから説得力がない。

「いいって気にすんな。若い証拠だ。乗りかかった船でもう一回面倒見てやるよ」

いっそおもしろがってさえいるように聞こえる声でそんなことを言ったかと思うと、賀門は迅人のスウェットの上衣をたくし上げた。胸の上まで捲り上げられて、白い腹と小さな淡い色の飾りが剝き出しになる。

「こっちもかわいいピンク色だ」

「な、何……？」

「せっかくだから、今度は別のとこで気持ちよくしてやる」

賀門に乳首を指で摘まれた迅人は、予想外のその状況にフリーズした。

（え？　ち、乳首？　なんで乳首？）

動揺している間も、賀門の両手はふたつの突起を執拗《しつよう》に弄り続ける。捻ったり、押し潰したり、擦り立てたり……。

そうこうされているうちに、乳首なんかで感じるはずがないのに、背中がむずむずしてきた。

「乳首弄られるの、初めてか？」

当たり前だ。男なんだから。

むっとしてそう言い返しかけた時、右の乳首をきゅっと引っ張られた。

「ひゃんっ」

ぴりっとした刺激が全身を貫き、鼻にかかった甘ったるい声が飛び出る。迅人はあわてて口を片手で塞いだ。

(何？　今の声……)

「いい声だ。もう遠慮はいらねぇな」

含み笑いで言うなり、賀門が指の腹で乳首を押し潰し、捏《こ》ね回す。絶え間なく刺激を与えられ続けた乳頭が、だんだん硬く尖ってきているのが自分でもわかった。

(……ぴりぴりする)

先端がぷっくりと腫れて、敏感になってきている。普段もたまに洋服で擦れたりするけど、こんなふうになったことなんて一度もないのに。

(変だ。俺、変だ)

自分の体が男の手によって変えられていくことへの朧《おぼろげ》気な恐怖心に駆られた迅人は、「いやっ」と身を捩った。

「かわいい声でいやいや言うなよ。余計いじめたくなるだろ？」

獰猛《どうもう》な声を出した男が、胸への愛撫はそのままに、耳朶《じだ》に尖った歯を立てる。嚙まれた場所からツキッと甘い痛みが走った。

「あっ……」

耳の後ろの皮膚の薄い部分をざらりと舌で舐められて声が跳ねる。やがて厚みのある濡れた舌が、耳殻に忍び込んできた。感じやすい耳の中をちろちろと舌先で嬲《なぶ》られ、背筋がぞくぞくと蠢く。

（あ……また）

ペニスの先端がじわっと濡れる感覚に、迅人は奥歯を噛み締めた。先走りでしとどに濡れた欲望は、いまや腹にくっつきそうなほどに反り返っている。

（……苦しい）

ジンジンと痺れるような疼きに辛抱も限界で、そっと手を伸ばす。自分でペニスに触ろうとした手を、賀門にぺしっと叩かれた。

「誰が触っていいと言った？」

低い声を出した男に、手首をひとつにまとめられ、頭の上に持ち上げられてしまう。

「手、放せよっ」

体を捩って抗ったが、男の拘束はびくともしなかった。

「駄目だ。乳首だけで達け」

「そんなの無理っ……放してっ……放してってば！」

涙声で懇願しても許してはもらえない。それどころか、お仕置きのように耳朶を舌で嬲られ、腫れ上がった乳頭を執拗に弄られた。

「やっ……いやっ……や、あっ……あっ、んっ……ぁんっ……あっ、ああ――ッ」

結局、耳を舌や口で愛撫されながら、指で乳首を責められて、もう一度迅人は極めた。

「はぁ……はぁ」

上衣を胸の上までたくし上げた格好で息を整えていると、賀門が頭を撫でてきた。

「乳首だけで達ったな？」

「………」

「すげぇなおまえ、素質あるぞ」

そんなこと、誉められても嬉しくない。まるで淫乱って言われているみたいで。

それよりも問題は、二度果ててもなお、体の奥の「熱」が引かないことだ。散らしても散らしても重くジクジクと疼く下腹を持て余し、途方に暮れた迅人は奥歯をきゅっと食い締めた。

嫌だ……こんなの。こんなの……自分じゃない。

嫌なのに、三度《みたび》ペニスがじわじわと力を持ち始める。それを見た瞬間、目の前が真っ暗になった。

「おい……またか？　いくら若いっていってもな」

賀門の呆れたような声に、居たたまれなさがいっそう募り、泣きそうになる。

自分だってもう、こんな際限のない欲望に振り回されるのは嫌だ。でも、どうすればいいのかわからない。

「も……もう、いいから！」

賀門の腕の中から逃げようとして、腕を摑まれ、ぐいっと引き寄せられた。そのままくるりと身を返され、ベッドに押しつけられる。迅人の両腕をシーツに縫いつけた賀門が、上空からまっすぐ見下ろしてきた。やや熱を帯びた双眸を、潤んだ瞳で見返す。

しばらく無言でじっと迅人を見下ろしていた男が、つと眉根を寄せた。

「……なんて顔してんだよ？」

怒ったような声でそんなことを言われても、自分がどんな顔をしているのかわからない。

「そそる顔しやがって。青臭かったさっきまでと別人じゃねぇか」

そそる？　別人？

「女にだってがっつく年でもねぇのに……くそっ、なんだってこんなガキに」

舌打ちをした賀門が、渋面のまま、額にかかる黒髪を掻き上げた。そのあとで迅人の右手を摑み、自分のほうへ引っ張る。男の股間に導かれた指先が、布の上からでもはっきりとわかる昂《たか》ぶりに触れた。

「あ……っ」

（……硬い）

改めて見返した男の灰褐色の目に、滴るような欲情の色を認め、迅人はこくっと喉を鳴らした。

賀門も……欲情してる？

「俺をこんなにした責任取れよ」

低い声で凄むように言われ、ゆるゆると両目を瞠る。

「責任……？」

意味がわからず、ぼんやり鸚鵡《おうむ》返しにした迅人を、賀門がふたたびくるりと裏返した。

「な、何？」

ベッドに四つん這いにさせられ、剝き出しの尻を高く掲げさせられる。突き出した白い尻の弾力を確かめるように、賀門が大きな手でぎゅっと双丘を鷲掴んだ。びくんっと背中が反る。

「んっ……ぁんっ」

「ちっちぇえ尻だな」

動物みたいな四つん這いの格好で乱暴に尻を揉みしだかれて、背中がぶるっと震える。

「い、やっ」

「剝いた桃みてぇにつるつるですべすべだ」

ふたつの丸みを真ん中に寄せるみたいに揉み立てられると、ペニスの先から白濁混じりの蜜がじわっと染み出してきて、尻を弄られて感じてしまう自分に、迅人は激しい羞恥を覚えた。

（なんで？　なんで俺、こんなに……）

惑乱していると、賀門の親指が割れ目にかかり、おもむろに双丘を割り広げる。

自分でも見たことのない秘部を男に暴かれ、ひっと悲鳴が口をついた。

「バージンピンクだな」

見られてる！

恥ずかしい場所に男の視線を感じて、全身の血が沸騰した。しかも、辱《はずかし》めはこれで終わりではなかった。追い打ちをかけるようにぬるっと濡れた感触がそこに触れてくる。

「……な、何？」

呆然としたつぶやきの一瞬後、濡れた感触の正体に気がついた迅人は息を呑んだ。

舌!?

「やだっ……そんなとこ汚な……っ」

半狂乱で暴れたけれど、賀門の手が背後からしっかりと両脚をホールドしていて動けない。硬く尖らせた舌が、ぐっ、ぐっと中に侵入してくる圧迫感に、迅人は為す術もなく身悶えた。

「ひっ……あ……やめっ……や、ぁ」

舌を出し入れされ、ぴちゃぴちゃと音を立てて奥まで濡らされる。それだけでも充分に耐え難いのに、さらに苦行は続き、唾液でぬるんだ後孔に指をつぷっと突き入れられた。

「……ッ」

節立った指がじりじりと体内に入ってくる。異物感と引きつれるような痛みに顔が歪む。

唾液のぬめりを借りてゆっくりと最奥まで到達した指が、すぐに動き出した。ぬぷぬぷと粘膜を掻き回され、首を横に振って嫌がる。

「やっ……指っ……やだ……抜いてっ」

「暴れるな。傷つけちまう。もうちょっとだから我慢しろ」

甘く昏い声であやしつつ、探るような動きを続けていた賀門の指が、ある部分に当たった瞬間だった。電流がびりっと走る。

「アァッ」

初めて知る強烈な刺激に、高く掲げた腰が揺らめいた。

「ここが気持ちいいか？」

囁きながらソコをくいっと押され、びくんっと腰が跳ねる。

「ん、あっ」

「どんなふうに気持ちいいんだ？」

「……ジ……ジンジンする……っ」

指の腹でぐりぐりされた部分から甘い疼きが生まれ、体のあちこちに拡散していく。痛いほどに張りつめた欲望の先端からも、透明な蜜がとろとろと滴り落ちてシーツを濡らした。なんだか自分の体じゃないみたいに、どこもかしこもが熱くて、頭がぼうっとする。

（いい……気持ち……いい）

粘膜がとろとろと蕩《とろ》けていくのがわかる。さらなる快感を欲して、内襞が浅ましく指に絡みつく。迅人はシーツを握り締め、官能に浮かされたように腰をゆらゆらと揺らした。それが、賀門の目にどう映るか、どんなにねだりがましい姿であるか、自覚はなかった。

「ん、ん……ぁあっ」

「かなりやわらかくなったな。……そろそろいいか」

不意に指が抜け、突然の喪失感にぶるっと胴震いした体をひっくり返された。脚を大きく広げられ、深く折り曲げられる。膝立ちの賀門が片手で下衣のファスナーを下げ、下着をずらさなくともすでにその頭が見えていた自身を取り出した。同じ男でも自分とは比べものにならない成熟したそれから、匂い立つような雄の色気を感じ、思わず魅入られる。

（すご……）

大人の男の勃起した性器を間近で見るのは初めてで、大きさや使い込まれた感じの色艶に圧倒されていると、その猛々《たけだけ》しい怒張を、うっすら口を開けた後孔に押し当てられた。

「力、抜け」

命令とほぼ同時に硬い切っ先がぐぐっとめり込んでくる。

「あぁっ」

狭い入り口を無理矢理にこじ開けられ、めりめりと体を割り裂かれる衝撃に、体中の毛穴からどっと冷たい汗が噴き出した。

「いやっ……いやぁっ」

太くて逞しいものが、自分の中にずぶずぶと入ってくるのに、迅人は頭を打ち振るって抗った。内部を犯す異物を反射的に押し出そうとしたが、相手の力が圧倒的に強い。少しずつ、だが確実に突き進んでくる賀門に、結局は屈して侵入を許すしかなかった。

「あ……は……入って……っ」

喉を反らし、はっ、はっと浅く呼吸する。涙が眦に盛り上がり、首筋は濡れ、額の生え際にも、びっしりと玉の汗が浮いていた。

「ああ……入ってるな」

自身も苦しげな掠れ声で、賀門が囁く。

「な……なん…で?」

尋常ならぬ圧迫感の中、迅人は混乱した声を出した。

「正直なんでこんなにがっついてるのか俺にもわからん……ホモでもないし、おまえみたいなガキは守備範囲外なんだがな……」

つぶやいた賀門が、宥めるみたいに迅人の濡れた顔を撫でる。

「なかなか呑み込むのが上手いぞ。もうちょっとだ。あと少しだからな……もうちょっとだけ我慢しろ。全部入ったらさっきよりもっと気持ちよくしてやる」

「ん……う、んっ……んっ」

宥め賺《すか》してじりじりと呑み込ませた逞しい屹立《きつりつ》を、最後は腰を揺するようにして、賀門は根元まで迅人の中に埋め込んだ。

「よし……全部入った」

労《ねぎら》うようなその声で、永遠にも思えた試練が漸く終わったのを知る。

(……熱……い)

みっちりと隙間なく剛直を嵌め込まれた腹の中が熱い。ものすごく太くて熱いものがドクドクと脈打っている。

賀門が……中に……いる?

なんだか信じられなかった。自分と賀門が繋がっているなんて……信じられない。

自分たちの行為が「抜きっこ」のレベルをとうに逸脱していることはぼんやりわかっていたが、

頭が痺れるみたいにぼぅっとしていて、どこか現実感が乏《とぼ》しかった。体の異常な状態に思考が追いついていかない。

そんな迅人の混乱をよそに、賀門が感嘆めいたつぶやきを落とす。

「よくもまぁ、こんなちっちぇえ孔《あな》で俺を咥《くわ》え込んだもんだ」

そ、そっちが無理矢理突っ込んだんじゃないか！

だが文句を言う隙は与えられなかった。

「今、がんばった褒美をやるからな」

そう言って迅人の膝の裏を摑んだ賀門が、腰を深く入れるようにして動き出したからだ。

ずくりと体の内側を擦られる感覚に、思わず「ひぁっ」と高い声が飛び出る。ただでさえいっぱいいっぱいで苦しいくらいなのに、動かれると余計に圧迫感がすごかった。

「やっ……動かない……で」

「我慢しろ。動いてるうちにだんだん気持ちよくなる」

「あっ……うっ」

まるで、その質量と形を覚え込ませようとするかのような緩やかな抽挿が続く。はじめは苦しいだけだったが、次第に、体が体内の異物に馴染み始めた。

「ふっ……はっ……」

それを察してか、探るようだった抜き差しが徐々に速くなっていく。熱い脈動が出たり入ったりする際の、ぬちゅっ、くちゅっという水音も激しくなった。やがて、灼熱《しゃくねつ》の塊が往き来する場所から、ぼんやりとした快感が生まれる。ピッチが上がるにつれて、その官能が徐々に鋭敏になってきて、圧迫感や異物感を凌《しの》いでいく。

こんなの……こんなのおかしい。

初めてなのに、感じるなんておかしい。

嫌だ。嫌だ。こんなの嫌だ。

心は嫌がっていても、体が言うことを聞かなかった。

「おまえの中、だいぶやわらかくなってきたぞ。……気持ちよくなってきたか？」

「んっ……う……ん」

「俺も……いい」

ぞくっとするような艶っぽい低音を耳にしたとたん、無意識のうちにも内襞がうねり、気がつくときゅうっと賀門を締めつけていた。くっと呻いた賀門が、中でぐんっと大きくなる。めいっぱいキツキツなそこをさらに押し広げられ、甘苦しさに鼻から「んっ」と息が抜けた。

とりわけ、さっき指でもすごく感じた場所を硬いもので擦られると、自然と腰がいやらしく揺れて、堪えきれない嬌声が零れてしまう。

「あっ、あっ、あっ」

「……ここがいいか？」

荒い息に紛れて問われ、こくこくと首を縦に振った。

「そこ……いいっ。気持ちいい……っ」

そこを突かれると、どうにかなりそうに感じる。

悦《よ》くて、悦くて、頭が痺れる。体がガクガクと震える。

溶ける！　溶けちゃう！

体が熱くなって……内側からどろどろに溶かされる！

「……どうなってんだ、おまえの中」

余裕のない男の声にも煽られる。自分だけじゃなく、賀門も感じているんだ。自分とのセックスで感じてる。そう思ったら、さらに快感が倍増する気がした。

「あっ……ひっ……んっ」

「……あんま締めつけんな。くそっ……抑えがきかねえ」

両脚を抱え直した賀門がラストスパートをかけてきた。硬く猛った雄で疼く最奥をガンガン突かれ、頭が白くスパークする。手加減をかなぐり捨てたような激しい揺さぶりに、ベッドがギシギシと軋んだ。汗が飛び散り、息が上がる。振り落とされないよう必死で、迅人は男の濡れた首筋にしがみつき、逞しい胴に脚を絡めた。

熱くて、苦しくて、気持ちよくて。いろいろな感覚に体を揉みくちゃにされ、もう、何がなんだかわからない。

おかしくなる。おかしくなっちゃう！

「あっ……も、もう……駄目っ……」

急速に高まる射精感に、迅人は涙声で限界を訴えた。

ぎりぎりまで引き抜いた楔《くさび》を一気にぐっと突き入れられ、喉が大きく反り返る。

「あッ……あぁ――ッ」

密着した賀門の腹筋が引き締まり、体内で欲望が弾けた。最奥にぴしゃりと熱い飛沫《ひまつ》を叩きつけられる。

「……あ……っ」

男の放った「熱」が体内に満ちる感覚にびくびくと全身を震わせながら、迅人もまた自らの欲望を解き放った。

6

一度の交わりではお互いに治まらず、立て続けに二度、体を繋げた。

二度目はバックで繋がったが、細い腰をくねらせてより深い抽挿をせがむ迅人に煽られ、いつしか激しく責め立ててしまっていた。

肉と肉がぶつかる音。ギシギシと軋むベッド。濡れた交接音と、ふたり分の荒い息が部屋に響く。

「あっ……くぅ、んっ……あんっ……んっ……あああ――っ」

四度目の精を散らしたあと、迅人は糸の切れた操《あやつ》り人形のようにぐずぐずと前のめりに頽《くずお》れ、そのまま意識を失った。

その後、賀門は自分が放ったものの後始末をし、精液や唾液、汗に塗《まみ》れた迅人の全身を濡れタオルで拭った。さらに、捲れ上がったスウェットの上衣を直し、下衣を腰まで引き上げた。抱き上げてシーツを取り替えている間も、四度の吐精で体力を使い果たしたらしい迅人は、賀門の腕の中で目を覚まさなかった。

今も、綺麗になったシーツに横たわり、枕に顔を半分ほど埋め、死んだように昏々《こんこん》と眠っている。あまりに微動だにしないので、心配になって口許に耳を寄せると、スースーと規則正しい寝息が聞こえてきてほっとした。

そのまだあどけなさも残る寝顔をしばらく見下ろしてから、掛け布団を肩まで引き上げ、賀門はベッドを離れた。地下室を出て、鉄の扉の鍵をかけ、身を返すと同時に、床にふーっと嘆息を落とす。

大事な預かりものに手を出した。

しかも、相手は男。まだ高校生の未成年。まっさらの童貞で、もちろんバージンだった。

下手をすれば、アナルセックスというものがこの世に存在することすら知らなかったかもしれない。男友達とマスを掻き合ったこともないと言っていた。

セックスがどんなものかもまだはっきりわかっていない子供相手にサカッて、無理矢理に突っ込んじまうなんて。

「……どうかしてるぜ。ったく」

苦い声を発して髪に片手を突っ込み、ガシガシと乱暴に掻き混ぜる。

「何がどうして、こんなことになっちまったのか……」

もちろん、はじめはそんなつもりは毛頭なかった。ロリコンでもホモでもない自分が、未成年男子に下心を抱くわけもない。ただ単純に親切心で、「抜くのを手伝ってやる」つもりだったのだ。

それがまさか、あんなことになろうとは……。

自分の行いを省《かえり》みて、くっと眉間に縦皺を刻む。

高熱のせいで半ば正気を失っていた迅人の体を、力尽くで開かせ、犯した。

女相手だって、こんな無茶したことがない。

やくざ稼業に足を踏み入れて二十年近く。シノギのために、危ない橋もそれなりに渡ったが、嫌がる女に無理強いをしたことはない。そんなことをせずとも女は寄ってきたし、十五で筆下ろしして以降、不自由したこともなかった。

堅気の女とも水商売の女ともつきあった。ちょっと名の知られた女優と懇《ねんご》ろになったこともある。十代、二十代で色事に関してはひととおりやり尽くした感があり、「仕事」が忙しいこともあって、ここ数年は特定の女も作っていなかった。

それが……あのがっつきようはなんだ？　一度の交わりで足りず、立て続けに二ラウンドなんて何年ぶりだ？　正直なことを言えば、まだ完全には満足していない。迅人が気を失っていなかったら、もう一ラウンドは軽くいけただろう。

この年になって、自分の中にここまでのリビドーがまだ残っていたことが驚きだった。

（それにしても）

あいつの変わりようもすごかった。もともと顔は整っているし、色も抜けるように白かったが、いかんせんまだ「ねんね」で青臭く、色気とは程遠かった。拉致のターゲットとしてひととおりの身辺調査はしたが、いまどきめずらしいくらいに純真で生真面目という印象は、実際に本人を前にしても変わらなかった。

賢く気丈な面もあるが、やくざの息子にしては、いささかまっすぐ過ぎて、こんな坊やに組を継げるのかと、老婆心《ろうばしん》ながら案じたほどで。

それが……さっきの迅人はまるで別人のようだった。

欲情に濡れた瞳。上気した頬。誘うように薄く開いた唇。男を昂ぶらせる甘い喘ぎ声。感じやすくて快感に溺《おぼ》れやすい体。

自分の愛撫によって固かった蕾がみるみる綻《ほころ》び、中からあれほど淫らで扇情的な「顔」が覗くとは、予想外だった。完全に虚を衝かれた。それまでが青く、初《うぶ》過ぎるくらいだったからこそ、その落差にやられたのかもしれない。

匂い立つような色気にクラッと頭が眩み、無意識の媚態《びたい》にそそられ、気がつくと夢中でまだ無垢な体を貪っていた。

その体もすごかった。入り口はギチギチに狭いのに中はとろとろに蕩けて、テクニックじゃなく、本能で甘く締めつけてくる。

天性の名器ってやつだ。

男のすごいやつに当たると「ハマる」と噂には聞いていたが、本当かもしれない。ここまで理性がぶっ飛んだのは初めてだった。

迅人も自分とのセックスで快感を得ていた。少なくとも、体は悦《よろこ》んでいた。はじめこそ拒んでいたが、二度目に体を繋げた時には抗わず、貪欲な求めに甘く啼《な》いて応えてみせた。初めてのアナルセックスで後ろで達けたんだから、相性もかなりいいはずだ。

だが、だからといって、預かりものに手を出した罪はチャラにはならない。

「ヤバイよな……」

三十代も半ばに差しかかり、組を預かる立場になって、さすがに分別もついたつもりだったが。

ひさびさの「やっちまった感」に大作りな顔をしかめ、重い足取りで階段を上がる。一階のフロアに着き、一角に設置されたキッチンへと足を運んだ。

冷蔵庫を開け、中からミネラルウォーターを取り出す。キャップを捻り、ごくごくと喉を上下させて冷たい水を呷《あお》った。口の端から滴った冷水を手の甲で拭ってから、ふっと息を吐く。

「……さて、どうするか」

いや、どうするもこうするも、迅人は取引のための人質だ。そして自分に割り振られた仕事は、東刃会からの指示どおりに神宮寺家の長男を拉致し、取引が完了するまでその身を匿《かくま》うこと。それ以上でも、以下でもない。

思いがけない展開から、アクシデントのように体の関係ができてしまったが、それによって自分の立ち位置が変わることはない。

改めてそう自分に言い聞かせていると、ズボンの尻ポケットに小刻みな振動を感じた。手を突っ込み、ヴーヴー震えている携帯を引き抜く。山小屋に固定電話は引いていないので、連絡の手段はこの携帯のみだ。

パチッとフリップを開く。液晶に【久保田《くぼた》】の文字が見えた。東京の事務所を任せている杜央からだ。通話ボタンを押し、携帯を耳に充てる。

「俺だ」

『賀門さん、杜央です』

「どうした？　何かあったか？」

杜央には日に三回、朝十時と夕方六時、夜十一時に定時連絡を入れるように言ってあるが、まだ昼過ぎだ。おそらくイレギュラーな用件だろう。そしてその推測は当たっていた。

『先程、東刃会の石原《いしはら》さんから電話がありました』

「石原さんから？」

石原は東刃会の幹部のひとりで、今回の件の窓口になっている。

『現在、神宮寺と交渉中ですが、難航しているそうです。なかなか首を縦に振らないようで』

「……そうか」

関東一円にその名を馳《は》せる大神組のことだ。そう簡単には折れてこないと思っていたが。

暴力団の企業化・大手の寡占《かせん》化が進むこの時世、単独で東京のど真ん中にシマを張っていくのは生半可《なまはんか》なことではない。江戸の末期から続く関東随一の老舗ブランド——大神組は、優秀な人材が多く、少数精鋭で有名だが、そんな彼らを束ねるには、トップにも相応な力量が求められる。

そのトップが、神宮寺月也。その名を知らない者は業界でモグリだと言われる有名人物だ。

賀門自身、一度遠くからだが、その姿を見たことがある。あれはたしか、千葉所在の中堅組織の組長の葬式だった。

まことしやかに囁かれる数々の武勇伝から、威風堂々《いふうどうどう》たる体軀の大男を想像していたのだが、現実の神宮寺月也は、華奢と言ってもいいほどの小柄な人物だった。はじめは、ひっそりとその背後に付き従う黒服の大男を月也だと思ったくらいだ（のちに、大男は若頭の岩切だとわかった）。

そして月也は、遠目からもはっと目を引く美貌の持ち主だった。

艶やかな黒髪。抜けるように白い肌。眦が切れ上がった杏仁型の双眸。赤い唇。

息子の迅人も、そんじょそこらのアイドルなら尻尾を巻くルックスだと思うが——そして今後の成長如何《いかん》によっては父を凌ぐ可能性も秘めているが——今はまだ父親に遠く及ばない。

（あれは……魔物の域だな）

一度だけ見た月也の妖艶《ようえん》な美貌を思い出し、うっすら眉根を寄せていると、耳許で杜央の声が低くつぶやいた。

『簡単に拉致られるような息子はどうなってもいいってことでしょうかね？　跡継ぎなら次男もいますし……。神宮寺が長男を切り捨てるとなると厄介《やっかい》ですが』

「神宮寺月也だって人の親だ。そこまで非情じゃねぇだろう。迅人はどうやら大事に育てられたようだしな。おそらくだが、のらりくらりと躱して交渉を長引かせ、その間に長男の居場所を突き止め、自分たちの力で救出しようって腹じゃないか？」

電話の向こうで杜央がふんと鼻を鳴らした。

『そう簡単にいかせるかって話ですよね』

「まぁな。東刃会の息がかかった組は、キリの五次団体まで合わせればごまんとある。中からうちを突き止めるにしても時間はかかるだろう。で？　石原さんはどうしろって？」

『はい。揺さぶりの意味で「指を送れ」と』

「…………」

賀門は杜央に聞こえないくらいの音で、ちっと舌を打った。

(指詰めなんざ、いまどき古臭え。どこの任俠映画だよ?)

これだから西のやくざは……。

苦々しい思いが胸を過《よぎ》ったが、上層部の命令には逆らえない。

上に逆らえば、高岡《たかおか》組は潰される。東刃会にとって、十名にも満たない三次団体を潰すことなど、赤子の手を捻るも同然だ。

(だから、東刃の盃を受けるのは反対だったんだよ)

だが十年前、東刃会の傘下に入ることを決めたのは、当時の組長だ。

それまでの高岡組は、地元の繁華街に縄張りを持つ、小さいながらも比較的安定した組織だった。しかし暴力団対策法施行以降、みかじめ料などが徐々に減り、ついにはどうにも立ちゆかなくなった。そんな折、関東進出を狙う東刃会からの申し入れがあり、半ば圧力に屈する形で系列に下ったのだ。

実際のところ、東刃会の代紋《だいもん》を担ぐことで、高岡組は立ち直るきっかけを摑めた。高岡の組長《オヤジ》が生きている間に、新しいシノギを開拓できたことはよかったと思っている。

五年前に死んだ高岡の組長《オヤジ》は、児童養護施設を逃げ出し、日々の糧《かて》にすら困っていた自分と杜央を拾い上げ、世話をしてくれた恩人だ。

親代わりの高岡の組長《オヤジ》から譲り受けた組を潰すわけにはいかない。曲がりなりにも一家の長として、組員たちを路頭に迷わせるわけにはいかないのだ。

『賀門さん？』

耳許の訝しげな声に、物思いを破られた賀門は、携帯を握り直した。

「……わかった」

険しい顔で低く返す。

「用意ができ次第連絡する」

『すみません。賀門さんの手を煩わせることになってしまって』

杜央が恐縮した声を出した。ふたりで身を寄せ合って生きていたガキの時分から、「汚れ仕事は自分の役割」と任じている節のある杜央は、賀門に手を下させることに罪悪感があるらしい。

「おまえが謝る筋合いじゃねぇだろ」

『けど……』

「いいから。おまえは俺が不在の間、シマにしっかりと目を光らせておいてくれ。会社のほうも頼むぞ」

『わかりました。連絡いただいたら、下のもんを引き取りに向かわせますんで』

通話を終えた賀門は、携帯を折り畳み、苦虫を嚙み潰した顔つきでひとりごちた。

「しゃーねぇな」

（指詰め、か）

自分の背中に爪を立てた、細くて形のいい迅人の指を思い出し、ガリガリと頭を掻く。あの綺麗な指を欠けさせるのは酷だが。

かわいそうだが、やるしかない。


（信じられない……）

賀門に抱かれ、女みたいにあんあん喘いで、よがり啼いた自分。

後ろを犯されて、生まれて初めての行為にもかかわらず、二度も達した自分。

二度目に至っては、自ら男を迎え入れるために、腰を高く掲げた自分。

乳首で感じて達ったり、抽挿をせがむみたいに腰をくねらせたり、大きな体を引き寄せるように腰に脚を絡ませたり……。

ベッドの中でひとり目覚めた迅人は、脳裏に次々と蘇る痴態《ちたい》の数々に、呆然としていた。

どうかしていたとしか思えない。あんなの自分じゃない。少なくとも、今までの十八年間の人生で、あんな自分は知らなかった。

（誰か嘘だと言ってくれ）

嘘だと思いたかった。夢（それもとびきりの悪夢！）だと思いたかった。

でも、体の違和感――まだ体の奥に賀門がいるような異物感が、無情にも、先程起こったことがすべて現実《リアル》だと知らせている。

キスもまともにしたことがなかったのに、いきなりのフルコース。あろうことか相手は無精髭のオッサンで、よりによって自分を拉致監禁した親玉！

（敵と寝ちゃうなんて最低だ、俺……）

その行為によって快感を得たことに、いっそうの罪悪感が募る。

これがまだ、痛かったり苦しかったりだけだったら救われた。だけど、そうじゃなかった。賀門と抱き合っていたほとんどの時間、自分は快感を覚えていた。それも、今まで味わったことがない、ねっとりと濃厚な悦楽を。

「ありえないよ……」

呻くようにつぶやいて、ぎゅっと目を瞑り、枕に顔を埋める。胸がどんよりと澱《よど》んで、胃のあたりがシクシクと痛んだ。

なんで？　なんで、あんなことになっちゃったんだろう。

そもそものはじめは体が燃えるように熱くて……解熱剤も効かなかったから、あたためるために賀門が添い寝をしてくれて……胸の中で眠っているうちに下半身が反応してしまったのだ。

それを賀門に気がつかれ、「代わりに抜いてやる」と言われ……あの段階できっぱりと断ればよかった。

でも、なんでだかわからないけど、あの少し掠れた低音で命令されると抗えなくて。

気がついたら、指示どおりに膝の上に乗って、エロオヤジにいいようにされていた。「抜きっこ」のレベルを逸脱していることをうっすら頭でわかっていながらも、あいつの愛撫が気持ちよくて、やめられなかった。

しかも、男の強靭な腰遣いや濃厚な愛撫を思い出すだけで、今もまた賀門を受け入れていた場所がズキズキと重く痺れる。

賀門の汗の匂いを思い出すと……体がふたたび熱くなる。

あんなに出したのに、まだ欲しがって……腰の奥がジクジクと疼く。

(嫌だ)

自分が自分じゃないみたいで……恐い。

己ではもはやコントロールの利かない体を持て余し、唇をきゅっと嚙み締めていた迅人は、次の瞬間、ふっと、両目を瞬かせた。

そうだ……あの匂いのせいだ。

賀門の体が発している、あの甘くて不思議な匂いを嗅ぐと頭がカーッと熱くなって、わけがわからなくなってしまうのだ。理性が吹き飛んで、ただの発情期の動物みたいにサカッて……。

——発情期?

頭に浮かんだ単語に、つと眉をひそめた。——まさか。

(まさか……これが?)

これが……発情期?

思いついたひとつの可能性に、じわじわと両目を見開く。

でもたしかに、この体のただならぬ熱さや尽きぬ欲望、制御できないリビドーは、今までに経験がない感覚だ。

昨年、初めての発情期を迎えた弟の峻王が、とっかえひっかえ、まさに無分別に女の子をベッドに引きずり込んでいたことを思い出し、こくっと喉を鳴らす。峻王は立花と出会うまで、自室に籠《こ》もってひたすらセックス三昧《ざんまい》の日々を過ごしていた。

まさしく、餓えた獣のように。

(餓え……)

この体の内側から追い立てられるような焦燥感は、発情期ゆえの「餓え」なのか。

もし、もしこれが本当に発情期ならば、すべての異常事態に納得がいく。自分で自分の体をコントロールできないことも、ゲイじゃないのに、同性である男とのセックスで感じてしまった理由も。

それでもまだ実感が湧かず、半信半疑のままに、迅人は枕に嘆息を零した。

ついに、自分にも発情期が来た……のか。

その時が来たら、もっと「一人前の男になった喜び」があるものだと想像していたが、今はむしろ、なんでよりによってこんな時に……という苦々しい思いのほうが強い。

ずっと発情期が来ない自分に焦りがあったし、弟より未熟な自分にコンプレックスもあったけれど。それにしたって、何も拉致監禁されて、命の危険すらある「今」でなくていいじゃないか。急過ぎるし、タイミングも悪過ぎる。

心構えなく発情したせいで、敵である賀門とただならぬ関係になってしまった……。

(どうするんだよ？　これから)

どんな顔で、この先、賀門と話せばいいのか。どんな態度を取ればいいのか。

経験のない自分が初めてであんなに感じて乱れたくらいだから、賀門はたぶん、すごくエッチが上手いんだと思う。実際モテそうだし……つまり、かなり遊び慣れていて、だからあんなこと、それこそ「抜きっこ」の延長としか思っていないのかもしれなくて……。向こうは「お互いにすっきりした」レベルで軽く流せるのかもしれないけど。

でも自分は……本当に何もかも初めてで、賀門が生まれて初めての相手で。

今だって、抱き締められた時の腕の強さとか、伸《の》しかかってきた肉体の重みを思い出しただけで体がじわっと熱くなっちゃうくらいで……。

またあの匂いを嗅いだら、おかしくなっちゃうかもしれない。

発情しちゃったら、きっと自分を抑えきれない。

そうしたら……また賀門と？

ぶるっと頭を振った。それはヤバイ。それだけはまずい！

一回ならまだ「弾み」とか「アクシデント」とかの言い訳がきくけど、二回目は誰に対しても言い逃れができない。

けど、賀門を避けようにもここではふたりきりだし、しかも自分は足枷を嵌められていて、この部屋から出られない。逃げたくても逃げ場がない。

（どうしよう。どうしたら……）

にっちもさっちもいかない追い詰められた気分でシーツをぎゅっと摑み、悶々としていた時だった。カツコッと階段を叩く靴音が聞こえてきて、びくんっと肩が揺れる。

――賀門!?

ドクンッと鼓動が跳ねた。

(来ちゃった! ど、どうしよう。どうし……)

まだ、どう対処するか心が決まっていないうちに当人と顔を合わすはめになり、心臓がドッドッドッと走り出す。

寝たふりをしようかとも思ったが、ベッドの中に入ってこられたら困ると思い、あたふたと掛け布団を剝ぎ、起き上がった。強ばった顔でベッドの上に正座していると、ガチャッと鍵が回る音が響き、鉄のドアが開く。

「……っ」

目の端に黒ずくめの大きな体を捉えた瞬間、とっさに俯いた。今はまだ、まともに顔を合わせるのが気まずかった。

ギィーとドアが軋む音、続いて賀門が中に入ってくる気配。コツコツという靴音が近づいてくるのに、迅人は膝の上の拳《こぶし》をぎゅっと握り締めた。

足音がベッドのすぐ側で止まる。いつものように気さくに声をかけてくるかと思ったが、男は無言だった。

「…………」

三十秒ほど、息を詰めてじっと自分の膝を見つめていた迅人は、横たわる沈黙に耐えきれず、じわじわと顔を上げた。

まず、黒いスラックスに包まれた長い脚が目に映る。日本人離れした高い腰位置、シャツの上からもわかる引き締まった腹筋、筋肉が張り詰めた胸、がっしりと広い肩、太い首、無精髭の浮く顎、厚めの唇、高い鼻……少しずつ視線を上げていって最後に、灰褐色の双眸を捉えた。

「あ……？」

違和感に、迅人は小さな声をあげた。

なんだか……違う。賀門の様子が違う。

感情の見えない瞳。表情のない硬い顔つき。屈強な肉体からゆらゆらと立ち上る剣呑《けんのん》なオーラ。

仄暗い眼差《まなざ》しで冷ややかに見下ろされ、首の後ろがざっと粟立った。

今更ながらに、失念していた事実に思い至り、ごくっと唾を呑み込む。

いつもどこか飄々としているからつい失念しがちだけど、この男の本性はやくざなのだ。

それも極道たちを束ねる組長《ヘッド》――。

無言で佇む男に今まで感じたことのなかった畏怖《いふ》を覚え、改めてまじまじと全身を眺めた迅人は、左手に握られている三十センチほどの細長い白木《しらき》の筒に目を留めた。その形状には見覚えがある。いつだったか、実家の父の簞笥《たんす》の抽斗《ひきだし》にひっそりと仕舞われているのを、偶然《いぬ》目にしたことがあった。好奇心に駆られてこっそり手に取ったものの、鞘《さや》を抜いた瞬間目を射貫く白刃の鋭さに怯み、あわてて元に戻したっけ……。

――短刀《ドス》？

（な、なんでドスなんか……）

やくざなんだから持っていても不思議はないけど……でも。

なんのために？　何に使うつもりで、そんなものを持ち出してきたのか。

戸惑いと、胸の奥底からゆっくり広がってくる黒い靄《もや》のような不安に眉をひそめていると、賀門がゆらりと動いた。

「………っ」

抱き合った際の熱を帯びた双眸から一転、昏く冷たい視線で自分を射貫き、ベッドに乗り上げてくる男から、思わず後ずさる。だがすぐに壁に退路を阻まれ、二の腕を摑まれてしまった。

「痛っ」

すごい力で引っ張られ、悲鳴が口を突く。

「は、放せよ！」

迅人の抗いをものともしない強い力で、そのままベッドから引きずり降ろされた。

「床に伏せろ！」

甘さもやさしさの欠片もない低い声で命じられると同時にどんっと背中を押され、がくっと膝が折れる。両手を床についたとたん、背中から覆い被さってきた賀門に首根っこを押さえつけられた。ごつんっと額が床にぶつかり、もう一度、「痛いっ」と叫ぶ。しかし、抗議の声はあっさり無視された。容赦なく背中に乗り上げてきた男の重みに耐えられず、背筋がぎしっとたわみ、膝が崩れる。さらに賀門は、床に腹這いになった迅人の右腕を後ろに捻った。そうやって背中に回した右腕を、尻で敷くようにして馬乗りになる。

腕ごと男の重量級のウェイトで押さえつけられてしまえば、もうまったく動けなかった。

「重いって！　……退けよっ」

胸が圧迫されて抗議の声が掠れる。無理な形に捻られた腕の付け根が軋む。

男の重みも苦しかったが、それよりも精神的な圧迫のほうが強かった。

足枷だけで飽きたらず、こんなふうに自分の体の自由を奪って、一体何をするつもりなのか。

あのドスを何に使うつもりなのか。

抱き合っていた時とは別人のような賀門の行動が読めず、得体の知れない焦燥が、じりじりと背筋を這い上がっていく。

すると不意に、首の後ろでシュッと空気を裂くような音が聞こえた。次いでカンッと何かがコンクリートの床を叩く音。

（鞘を抜いた？）

ぞくっと寒気を覚え、反射的に首を縮めた刹那、賀門が迅人の左手を摑み、ぐいっと上へ引っ張った。片手を万歳するみたいに持ち上げられ、手のひらを開く形で床に押しつけられる。

「な、何⁉」

自分の背後の男からただならぬ殺気を感じ、視線を振り上げた迅人は、視界に映り込むショッキングな映像に息を呑んだ。

「………ッ」

左手の小指の横ににょきっと立った剝き身のドス。小指の第一関節に白く光る刃を当てられ、そのひやりとした感触に、ひっと喉が鳴る。反射的に身じろごうとして、ドスの柄を握った賀門に「動くな！」と一喝された。

「動くと他の指も失うことになるぞ」

その脅し文句で、賀門の意図を漸く理解する。

指を——小指を詰めようとしているのだ。

なんのためにという疑問には、すぐ答えが出た。

おそらくは落とした小指を、見せしめに大神組に送るため……。

「俺だってガキの指を詰めるなんざ趣味の悪い茶番だとは思うがな。上がクロと言えば白いものもクロ。それが極道の世界だ。おまえだって直にその世界の一員だ。ちょっと早めの洗礼だと思って諦めな」

敢えてなのか、感情を排した平板な声に、首をふるふると振る。

「い……や……だ」

大神組の年配の組員の中にも、なんらかの理由で断指した者がいる。その指を見るたびに、うちもやっぱりやくざなんだと思うことはあっても、同じ境遇が自分の身に降りかかってくるなんて考えたこともなかった。

（こんなの……嘘だ）

頭の芯がジンジンと痺れて、無理矢理開かされた手のひらが冷たい汗でじっとり濡れる。

それでもまだ心の奥底に、賀門はそんなひどいことはしないという淡い期待があったのかもしれない。さっきもかなり強引に体を奪われたけど、なんだかんだいって男の愛撫はやさしかった。自分よがりなところもあったが、最終的にはちゃんと迅人の快感を優先してくれた。

何よりもプリミティブな行為であるセックスには、その人間の本質が出る気がする。

この男はやくざでエロオヤジだけど、悪い人間じゃない。

その賀門が、そんなひどいこと……しないはずだ。

「恨むなら、取引に応じない親を恨め」

だがやがて、凄みを帯びた声が耳許に落ちてくるに至って、その考えが甘かったことを知る。

本気だ。この男は本気だ。脅しなんかじゃない！

すーっと血の気が引いた。

「嫌っ……嫌だぁ！」

あらん限りの大声で叫び、死にものぐるいで左手を引こうとしたが、手首をがっちりと押さえ込まれていて果たせない。その間にも白刃がゆっくりと傾き、小指にぴりっとした痛みが走る。切れた皮膚からつぷっと血が噴き出た。

「ひ……ぁっ」

「目ぇ瞑って奥歯を食い締めてろ。一瞬で済ませてやる」

低く命じた賀門が、ぐっと力を入れる。

「や、め……お願……」

懇願も空しく、ドスの刃がざくっと自分の指にめり込む衝撃的なビジュアルを目にして、迅人は限界まで両目を見開き、絶叫した。

「嫌だぁ―――っ!!」

ドクンッ!

心臓が大きく跳ねる。体中の血液が沸騰する感覚。カーッと内臓が熱くなり、細かい痙攣が全身を覆う。

細胞が急速に変化し始める馴染みのある体感に、迅人は焦った。

(駄目だ!)

駄目だ。こんなところで変身しちゃ駄目だ!

賀門がいる。賀門がいるのに!

懸命にブレーキをかけたが、いったん走り出したメタモルフォーゼの波は止まらない。

波動のようなエネルギーが体内で渦《うず》巻き、まるで業火《ごうか》に焼かれでもしたかのように全身が熱くなった。

熱い。熱い。熱い―――!!

頭が白くスパークする。

獣化する肉体を、もはや自分の意志で止めることはできなかった。

「どういうことだ……?」

喉の奥から呻くような掠れ声が零れ落ちる。

「俺は……頭がどうかなっちまったのか?」

その異変は、刃物を当てていた迅人の指先から始まった。丸かった爪が鋭利に尖り、やがて指そのものもみるみる縮まっていき——今は、押さえつけていた手が、銀色の体毛にみっしりと被《おお》われ始めている。

「な……なん……」

発しようとした言葉が途切れ、唇が力なく開いた。口の中が急激に乾いて、ごくっと喉が大きく鳴る。

組を護るために心を鬼にして、人質の少年の小指を落とそうとしていた矢先だった。今まさに骨を断とうとしていたところで、迅人の体が震え出したのだ。小刻みな痙攣は激しさを増しながら瞬く間に全身を覆い、ショックでパニック症状を起こしたのかと訝った次の瞬間、その変化は起こったのだった。

(嘘……だろう?)

自分が馬乗りになっている体は、ほんの少し前までほっそりとした少年だった。だが今、その華奢な体は何か別のものに変化しつつある。手から腕、胸、頭、胴、脚と、順を追って人間ならざるものへと変わっていく肉体をまざまざと実感しながら、賀門は声もなくフリーズしていた。

（これは……なんだ？）

一体何が起ころうとしているんだ。

この世界に足を踏み入れて、命のやりとりをするような修羅場も経験し、大概のことには動じない自信があった。だが、今目の前で起こっていることは、あまりにも常軌《じょうき》を逸《いっ》している。今までの経験値で対応できるレベルじゃない。

両目をカッとひん剝き、ありえない事態に啞然《あぜん》としていると、体の下でびりっと服が破ける音がした。スウェットが背中からびりびりと裂け、銀色の毛並みに被われた体が剝き出しになる。ほどなく迅人——いや、以前は迅人だったものが、むくっと身を起こした。その反動で、賀門の体がぐらっと傾く。

「うわっ」

ごろっと床に転がり落ちた賀門は、一回転して受け身を取り、顔を上げた。

二メートルほど離れた位置に、シルバーグレイの滑らかな毛並みを持つ、美しい獣を認める。尖った貌とピンと立った耳。スレンダーな胴体にすらりと伸びた四肢。ふさふさの尻尾。

犬？

（いや……違う）

炯炯《けいけい》と黄色く輝《ひか》る瞳を見て、考えを即座に改めた。

子供の頃、繰り返し読んだシートン動物記の挿絵で見た姿と、目の前の獣の美しいフォルムが重なる——。

こいつは……狼だ。

確信すると同時に、狼が牙《きば》を剝いた。

「ウウッ」

本物の狼の地を這うような唸り声を聞き、その尖った白い牙を間近に見た刹那、脊髄《せきずい》反射のように脇の下にじわっと冷たい汗が染み出す。あの鋭利な牙で喉仏に嚙みつかれたら終わりだ。

「グルルルッ」

威嚇《いかく》する狼から目を離さずに、賀門は深く息を吸い込んだ。

(落ち着け。不用意に動くな。落ち着け)

自分を律するために胸の中で繰り返しつつ、混乱した頭を必死に整理する。

日本ではもう絶滅したはずの狼が目の前にいる齟齬《そご》は、とりあえず今は脇に置くとして、問題はこいつが、元人間だったたってことだ。

人間が狼に変身した?

(そんな馬鹿な……)

自分の中の常識が否定したがるのを、「待て待て」と止める。

たしかにありえない。人間が狼に変身するなんて、そんなの小説や映画の中の話で、いまどき子供だってフィクションだと知っている。人狼など、ファンタジーの世界の住人だ。

(だがな……俺はこの目で見た)

変化の過程の一部始終を、この体で感じた。それは、揺るがしようのない事実だ。

この目で見たものは、どんなに受け入れ難い現実でもひとまずは呑み込み、受け入れる。そうした上で、どう対処すべきかを考える。自分は長年そうやって生きてきた。そうでなければ、ここまで生き延びてはこられなかった。

もちろん、まだすっきりと納得したわけじゃないが、頑なにその存在を否定し続けたところで、目の前に生きた本物の狼がいるという危機的状況は変わらない。頭で逃避したからといって、トラブルが消えてなくなるわけじゃない。

開き直り半分でそう結論づけた直後、狼の後肢に目が留まる。後肢には枷が嵌っており、その足枷は長い鎖と繋がっていた。さらには、左前肢の指が傷つき、血が流れ出ている。

やはり——この狼は迅人なのだ。

こいつの正体があの少年ならば、まだ説得できる可能性がある。

(というか、やるしかない)

腹を据えて狼の黄色い目をまっすぐ見つめる。視線がかち合っているのを確信してから、思いきって声を出した。

「迅人」

果たして、人間の言葉を解するのかどうかもわからなかったが、一か八かで呼びかける。

「おまえ……迅人なんだよな?」

銀色の体軀《たいく》がぴくりと反応した気がした。

「どうにも信じられねぇが……そうだろ?」

狼が低く「ウウッ」と唸る。

(言葉はしゃべれない。そりゃそうか……骨格が違うもんな)

こちらの出方を警戒してか、じっとこちらを見据えて動かないシルバーウルフと目を合わせたまま、賀門はそっと静かに身を起こした。できるだけ狼を刺激しないよう、そろそろと、緩慢な動きで起き上がる。

立ち上がり、一歩を踏み出す賀門に、狼が全身の毛を逆立てて威嚇の唸り声をあげた。頭を低め、今にも飛びかからんばかりの狼の迫力に圧され、思わず後ずさる。

「わかった。わかったからそうピリピリするな」

宥めながら、狼の殺気立った視線の先を追っていた賀門は、ふと気がついた。

「ああ……そうか。これか」

つぶやき、右手のドスをなるべく遠くに投げ捨てた。そうしたのちに、降参するように両手を挙げて見せる。

「ほらな。何も持っていない」

狼が、部屋の隅に落ちているドスと、両手を挙げた賀門を交互に見比べた。

「傷つけたのは悪かった。だがもう痛いことはしない」

囁くように言い聞かせ、賀門はふたたび狼へ歩み寄る。狼は尻尾を高く持ち上げ、「ウウッ」と唸ったが、怯まずに近づいた。少し手前でゆっくりしゃがんで片膝をつき、視線の高さを合わせる。

「もうおまえを傷つけることはしない。本当だ」

警戒心に輝る目を見つめ、真剣な面持ちで話しかけた。

「絶対にしないと誓う。もししたら、この喉を嚙み切ってもいい。だから安心しろ」

根気強く、真摯《しんし》な声をかけ続けているうちに、グルル……と喉を鳴らしていた狼が大人しくなる。全身から発していた殺気が徐々に鎮まり、目の色も炯炯とした黄色から、落ち着いた茶色へと変わった。

そうなると今度は、触れてみたい衝動が込み上げてくる。欲求を抑えきれずに、賀門は片手を伸ばした。脅かさないようにそうっと、ふさふさの体毛に触れる。ぴくっと狼が身じろいだ。

「触るだけだ……何もしない」

低く囁き、毛並みに沿って手を動かす。すらりと小柄だが、体毛の下に息づく、引き締まった筋肉の存在を感じた。手のひらに規則的な鼓動を感じる。

幻覚などではなく、たしかに、目の前の「奇蹟」が生きているという証。

あたたかい空気を含んだ冬毛を撫でながら、賀門は魅入《みい》られたように、野性味に溢れた美しい獣を見つめた。

「生きた狼っていうのは綺麗なもんだな……」

7

「どういうことだ？」

狼から人間に戻った迅人《はやと》の左手を摑んだ賀門《がもん》が、しげしげと小指を眺めたあとで、訝《いぶか》しげな声を落とした。

「あれだけ深く切ったのに治っている」

「でもまだ傷跡が残ってる。月齢が満ちてれば完璧に治るはずだけど」

「…………」

「完全に落とされちゃってたら、さすがにもう元には戻らなかったと思う。だからギリギリだった」

顔を上げた賀門が、何から尋《たず》ねようかと迷うような眼差《まなざ》しを向けてくる。ほどなく小さく息を吐き、言った。

「おまえにはいろいろと説明してもらわないとな」

その要望に、迅人は渋々とうなずき、地下室の床に視線を落とす。

賀門が自分の小指を切り落とそうとしたことはショックだし、まだその行為を完全に許したわけではないけれど、自分の意志でしたことではないとわかっているし、上からの命令に背けなかった事情もわかる。

それに、「もう二度とおまえを傷つけない」と誓った際の目に偽《いつわ》りはなかった。狼化している時の野性の本能でそう感じたから、敵意を緩めたのだ。このことに関しては、賀門を信じてもいいと思う。

それよりも差し迫った問題は、小指を切り落とされかけた衝撃に誘発されて変身し、狼化する過程をつぶさに見られてしまったことだ。

血族や仲間以外の人間に『秘密』を知られることは、何よりも犯してはならない失態だ。子供の頃から絶対のタブーと言い聞かされ続け、深く肝《きも》に銘《めい》じてきたのに……。

取り返しのつかないミスに落ち込む一方で、迅人は戸惑ってもいた。

賀門が、人狼である自分を、さほど恐怖心や嫌悪感もなく受け容れているようであることに。

普通の人間ならば、ショックのあまりに意識を失うか、気が動転して錯乱状態に陥《おちい》るか……。失神してしまい、目が覚めた時に、あれは夢だったと無理矢理思い込むパターンも多そうだ。

迅人自身、それが通常の、まっとうな反応だろうとも思う。

だが賀門は、そのいずれでもなかった。それなりの動揺は窺《うかが》えたが、わりあいとすぐに平常心を取り戻し、目の前の狼＝迅人と認識したようだ。

その上で狼の姿の自分に話しかけ、宥《なだ》め、あまつさえ自ら近寄ってきた。最後には体に手で触れ、撫《な》でてきた。

今も、ふたたび人間の姿に戻った迅人を前にして取り乱すこともなく、少なくとも表面上は平静であるように見える。

並外れて肝が太いのか。適応能力が異常に高いのか。はたまた細かいことは気にしない質《たち》なのか。あるいはその全部か。

(どれにしたって、人間がアバウト過ぎだろ?)

呆《あき》れ半分に胸の中でひとりごちていると、賀門がやっと手を離した。

「話の前に……ちょっと待ってろ。今のままじゃ目の遣《や》り場に困るからな」

その台詞《せりふ》で、迅人は自分が一糸纏《まと》わぬ裸体であることに気がつく。変身した時にスウェットは上下共に破けてしまい、今は床に残骸が散っている。賀門にはもう隅々まで見られているので今更という気もしたが、やはり全裸は落ち着かなかった。もじもじと足踏みする迅人に、賀門がベッドの掛け布団を摑んで渡す。

「これでも被《かぶ》って待ってろ。着替えを持ってくる」

そう言って、部屋の隅に落ちていた剝《む》き身のドスを拾い上げ、別の場所に落ちていた鞘《さや》に納めると、それを手に携えて地下室を出ていった。

バタンと閉じられたドアをしばらく眺めてから、迅人は掛け布団を体に巻きつけ、ベッドに腰を下ろす。

(これからどうしよう)

胸を塞ぐ気鬱《きうつ》に、唇から重苦しいため息が漏《も》れた。

とりあえず、賀門に『秘密』に関しての説明を迫られることは避けられない事態だ。変身の一部始終を見られてしまった以上、知らぬ存ぜぬで通し切れないのは、自分にもわかる。

だけど、神宮寺《じんぐうじ》一族の『秘密』について詳しく知れば知るほど、賀門の立場は危うくなる。できれば本当は知らないほうがいいのだ。でも、それであいつが納得するとも思えない。

悶々《もんもん》としていると、鉄のドアが開き、賀門が戻ってきた。新しいスウェットの上下を迅人に投げて寄越《よこ》す。

「ほら」

「……サンキュー」

受け取ったスウェットを着ようとして、不意に「ちょっと待て」と止められた。ベッドに近づいてきた賀門が身を屈《かが》め、迅人の左脚を摑む。腰のポケットから何かを取り出し、足首に嵌《はま》った枷に差し込んだ。カチッと音がして、足枷が外れる。

「……………え？」

自由になった脚を、迅人は不思議そうに見下ろした。突然の解放に意表を突かれた気分で、とっさには悦《よろこ》びよりも戸惑いのほうが大きかった。

「……外しちゃっていいのかよ？」

立ち上がった男を、上目遣いに見る。すると、賀門が神妙な顔つきで告げた。

「狼に鎖は似合わないからな」

「………………」

「狼は人間ごときに飼われるべきじゃない」

迅人はゆるゆると両目を瞠《みは》った。

なんだかまるで、人狼である自分を認め、畏敬《いけい》の念すら抱いているような口ぶりだ。

「それに、この部屋から逃げ出したとしても、徒歩で下山するのは無理だ」

つぶやいた賀門が、「人間の姿じゃな」と付け加えた。顔を上げ、迅人の目をじっと見つめる。

「あの時も、狼に変身して逃げたんだな？」

賀門の言う「あの時」というのが、山小屋から逃亡した時のことを指しているのだと察して、迅人は躊躇《ためら》いつつもうなずいた。

「でも途中で力尽きちゃって……」

「さっき言っていた『月齢』とやらが足りないせいか？」

相当に頭の回転が速いのか、あるいは思考が柔軟なせいか、賀門は呑み込みが早かった。迅人の拙《つたな》い言葉から多くを汲《く》み取って、的確な質問を繰り出してくる。

「そう……俺たちは月の満ち欠けにパワーを左右されるんだ」

上手《うま》いこと誘導尋問されている自分を頭の片隅で認識しながらも、気がつくと迅人はその問いかけに答えてしまっていた。

「満月時がピークで、月齢十五日前後には野性がもっとも強まり、変身しやすくなる。だからって滅多《めった》に変身はしないけど……」

話しながらふと思った。

もしかしたら自分は、心のどこかでずっと、本当の自分を誰かに知ってもらいたかったのかもしれない。自分の正体を知っても奇異《きい》の目で見たり、化け物と誹《そし》ったりしない誰かに。

「あと、満月に近づくにつれて自然治癒能力も高まる。今日はまだ月齢十日だから、怪我の治りもこんなもん」

あれからさらに治癒が進み、うっすらと傷跡の残る小指を見せると、賀門が感心しきりといった顔つきで「なるほどなぁ」と唸《うな》る。

「狼人間が満月に変身するのと同じ理屈か」

「変身の詳しいメカニズムとか、なんで月の満ち欠けに影響されるのかとか、難しいことは俺にもわからない」

「わからないのか？」

「うん、一族の直系の男子だけに現れる特殊能力らしいけど……。一番最初の祖先がいつの時代の人で、どこの国の誰だったのかもわからない。とにかく生まれつき、こういう能力を持って生まれたとしか……」

歯切れの悪い迅人の返答に苛立つ素振りもなく、賀門は問いを重ねてきた。

「おまえたちみたいなのは、おまえの父親や弟の他にもいるのか？」

「昔はそれなりの数がいたみたいだけど、長い間に少しずつ淘汰《とうた》されて、今残っているのはおそらくうちだけだろうって話。もしかしたら外国とかにはいるかもしれないけど、交流はないし、よくわからない」

「まぁたしかに、今まで見つからずに生き残ってこられたことのほうがミラクルだろうからな。

——つまり、おまえたちは少なくとも日本では唯一の現存する人狼で、絶滅危惧種みたいなもんか」

賀門が顎《あご》の無精髭《ひげ》を指で扱《しご》く。

「実際に自分の目で見てなけりゃ笑い飛ばすような荒唐無稽《こうとうむけい》な話だが……。おまえの親父に関しては妙に納得しちまった。一度見かけたことがあるが、あの妖艶さはちょっと常軌を逸してると思っていたんだよ。むしろ徒《ただ》の人間じゃないって言われたほうが納得できるっていうかな」

感じ入った面持ちで何度もうなずく賀門に、なぜかちょっとむっとした。

そりゃあ父さんは、実の息子の自分でも見惚れるくらいに綺麗《きれい》だけど……。

(どーせ俺は『普通』だよ)

おもしろくない気分のまま、険しい目つきで男を見上げ、迅人は最も重要な話を切り出した。

「ひとつ言っておきたいんだけど」

「なんだ?」

「わかると思うけど、本当は変身するところとか、絶対に見られちゃいけないんだ。人間の前で変身することは掟《おきて》で厳しく禁じられている」

「そりゃそうだろうな」

「今回こうなっちゃったのは俺のミスなんだけど……いや、そもそもあんたらが俺を誘拐したりしなかったら、こんなことにはならなかったんだけど……ともかく、もしこのことをあんたが他言したら、あんたは殺される」

低い声音にも、賀門は顔色ひとつ変えなかった。そのあたりはすでに察していたという表情だ。

ただ短く一言「誰に？」と返してきた。

「父と御三家」

「御三家ってのは？」

「数百年に亘《わた》って神宮寺一族の秘密と当主を護《まも》ってきた御三家があるんだ。岩切《いわきり》、都築《つづき》、水川《みずかわ》。今もそれぞれの子孫が、現当主である父さんを護ってる」

「岩切、都築は知っている。大神組《おおがみぐみ》若頭と若頭補佐だな。たしか岩切はおまえの死んだ母親の弟じゃなかったか」

「そう、叔父貴。あと水川はうちの主治医。特に叔父貴と都築は一族の『秘密』を護るためなら、どんな非情も辞さない」

「ふぅん」

「だから、今日見たことは誰にも話さないで欲しい。俺もあんたに正体を知られたことは、誰にも言わない。身内にも内緒にするから」

父や叔父たちに対して『秘密』を持つことは気が重かったが、賀門の命を護るためには、そうするより他ない。

「一生誰にも言わないって約束して」

迅人は自分の前に立つ賀門の顔をじっと見つめた。

ここで首を縦に振ってもらえないと、かなりまずいことになる。賀門が吹聴《ふいちょう》して回ったところで信じる人間はまずいないと思うが、噂が広まって、父たちに知られるのがまずい。そうなったら確実に賀門は殺されてしまう。

「死にたくなかったら約束して」

懇願する迅人の顔を、しばらく値踏みするような眼差しで見つめていた賀門が、おもむろに口を開いた。

「別に俺が殺されたって、おまえには関係ないだろう？　むしろ『秘密』を知ってる人間が消えたほうがいいんじゃないか？　なんでわざわざ口止めをする？」

そう言われてしまうとわからなくなる。だけど、自分のせいで賀門が死ぬのはどうしても嫌だった。

「か、関係なくない。あんたが俺のミスのせいで殺されたら……後味悪いし。それに……あんたが死んだら悲しむ人がきっといる」

たどたどしい迅人の弁解に、賀門がふっと口許を緩める。

「やさしいんだな」

「…………」

そんなんじゃないけど……。

上手く自分の気持ちを言い表せないもどかしさに唇を嚙み締めていると、賀門が念を押してきた。

「俺が『秘密』を守ることが、結果的におまえたち人狼を護ることになるんだな？」

「あ……うん、そういうことにもなる」

うなずく迅人に、賀門が「わかった」と応じ、にやっと笑う。

「じゃあ今日のことはふたりだけの生涯の『秘密』ってことだな」

――ふたりだけの生涯の『秘密』。

その言葉が内包する仄暗い甘さに、不覚にも心臓がトクンと高鳴った。

(馬鹿……何ときめいてるんだよ?)

胸のざわめきを鎮《しず》めようと自分を叱りつける。すると賀門が「もうひとつ訊《き》いていいか?」と切り出してきた。

「何?」

「おまえが急にエロくなったのも月齢と関係あるのか?」

「エ、エロ?」

突然何を言い出すのかと面食らう。

「急になっただろ? 顔つきまで変わって別人みたいにエロく」

不意に、目の前の男の愛撫にあられもなく乱れた自分の痴態《ちたい》が脳裏に浮かんで、顔がじわっと熱くなった。指詰めのショックで忘れていたのに……。

堰《せき》を切ったように次々と蘇《よみがえ》ってくる赤裸々な記憶に狼狽《うろた》えつつ、「あ、あれは……違う」と首を横に振る。

「月齢とは関係ない。たぶん……発情期が来たせい」

「発情期?」

「俺たちは十代の後半に初めての発情期——繁殖期を迎える。繁殖期が来たらつがいの相手を捜して、運よく巡り会えたら、その相手と生涯を通して連れ添うんだ」

「そういや狼ってのは一夫一婦制なんだっけな。ガキの頃にシートン動物記で、狼王ロボとブランカの話を読んだよ」

「うん、あれが一番有名かも」

「つまり、今おまえは、初めての発情期の真っ最中ってわけか？」

改めて確認してくる賀門から目を逸《そ》らし、迅人はじわじわと俯いた。

「……たぶん」

何しろ初めてのことだから、自分でもこれが本当にそうなのか、はっきりとした確信は持てない。

でも……。

こうしている今も、賀門の匂いに反応している自分がいる。

甘い匂いが……なんだか急に強くなった気がして、迅人はぎゅっと両手を握り締めた。
（ヤバイ）
抱き合った時のことを思い出してしまったせいか、それとも賀門の体臭に反応してか、しばらく鎮まっていた体の火照《ほて》りが、ふたたびぶり返し始めたのを意識して焦《あせ》る。

そんな場合じゃないのに……。

内側から熱を帯びていく己の体を持て余し、奥歯を食い締めていると、賀門の大きな手が頤《おとがい》を摑んだ。くいっと持ち上げられ、灰褐色の瞳で射貫《いぬ》かれる。

「あ……」

狼狽えた声を出した刹那《せつな》、賀門が双眸をじわりと細めた。

「欲情した目、しやがって」

「し、してな……」

首を振って否定しようとしたが、大きな手にがっしりとホールドされてしまっているので顔を動かすことができない。

「物欲しげに黒目が濡れてる。自分じゃわかってねぇのか?」

嬲《なぶ》るような低音に、「し、知らないっ」と叫んだ。

「……欲しいのか?」

男が何を言っているのかわからなかった。

「男が欲しくて体が疼《うず》くんだろ?」

熱っぽい眼差しを迅人の目に据えたまま、賀門がゆっくりと顔を近づけてくる。男の濃厚な体臭を感じた瞬間、全身が炎を纏ったようにカーッと熱くなった。背中がぞくぞくと震え、股間がびくびくと疼く。

(ヤバイ。本気でまずい)

このまま、この匂いを感じていたら……。

焦燥《しょうそう》に眉根を寄せていると、まるで迅人の下半身の兆《きざ》しを感じ取ったかのように、艶めいた低音が耳許に落ちてきた。

「抱いてやろうか」

「……っ」

一瞬、耳を疑う。

「な……何言って……」

自分を人狼と知った上で、とんでもないことを言い出す男を呆然《ぼうぜん》と見つめた。

こいつ……どうかしてる。

男同士ってだけでも充分アブノーマルなのに、それよりさらに高いハードルをあっさり越えようとする男に畏怖すら覚え、迅人は上擦《うわず》った声で問うた。

「あ……あんた……俺が気持ち悪くないの？」

「異端って意味なら、やくざだって同類だ。つまり、俺たちははぐれ者同士ってことだ」

賀門が肉厚な唇を歪《ゆが》め、どこか人を食ったような不遜な笑みを浮かべる。

「それに、発情期の狼と寝るなんてそうそうできることじゃないからな」


ベッドの壁に背中を寄りかからせ、せっかく穿《は》いたスウェットをふたたび脱がせると、迅人の欲望はすでに兆しかけていた。

ぶるんっと飛び出した半勃ちのペニスに顔を寄せ、さほど躊躇《ちゅうちょ》もなく口に含む。

「ひぁっ」

頭上で迅人が悲鳴をあげた。

この間の自分とのセックスが初めての性体験なのだから、もちろんフェラチオされるのもこれが初めてのはずだ。

賀門自身、何回となくされたことはあっても、するのは初めてだったが、不思議と嫌悪感はなかった。迅人のペニスがまだつるんと青くて未成熟で、あまり同じ男のものという気がしなかったせいかもしれない。

「なっ……何っ」

動揺があらわな声を出して、迅人が必死に賀門の頭を押しのけようとする。しかし賀門は、迅人の腰骨をがっちりと両手で押さえ、それを許さなかった。大きく脚を開かせたまま、口の中に納めたほっそりと形のいい性器を愛撫し始める。

「だ、め……そん…なっ」

硬く尖《とが》らせた舌先で敏感な裏筋をつーっと舐《な》め上げ、次に軸《じく》全体を唇で扱いた。愛撫を施すにつれて、口腔《こうこう》内のまだ若い欲望が秒速で硬度を増していく。はじめは強ばっていた体も徐々に蕩《とろ》けてきた。

「あ……あ……っ」

シミひとつない滑らかな先端の、クリームのような感触をたっぷりと堪能《たんのう》してから、鈴口の切れ込みを舌先でこじ開けるように抉《えぐ》る。びくんっと、摑んでいる迅人の腰が震えた。

「あうっ……っ」

尿道を舌先で突いているうちに、透明な蜜が溢《あふ》れてくる。舌に触れた青臭い先走りを、わざと音が出るように啜《すす》った。

「……やっ……いやっ」

じゅくっというその音が恥ずかしいのか、腰を揺すって逃れようとするのを許さず、さらに軸全体に舌を絡め、舐めしゃぶる。

「はっ……あっ……あっ」

頭上の喘ぎが忙《せわ》しくなり、迅人の手が何かに縋るみたいに、ぎゅっと賀門の肩を摑んできた。

「だ、め……っ。放し、てっ」

切羽詰《せっぱつ》まった声が懇願し、細い腰がうねる。賀門は、両手で摑めてしまいそうな細腰を強く押さえつけ、追い打ちをかけるように、亀頭の部分を口で愛撫しながら、根元を手できつく扱いた。

「ひっ……あっ……で、出ちゃう……からっ」

啜り泣きのような弱々しい声が絶頂が近いことを訴え、口の中のペニスが予兆にぶるっと震える。

「は、放し……放して……で、出るっ……出……あっ、あっ、あぁ――ッ」

絶《た》え入るような高い嬌声《きょうせい》と同時に欲望が弾け、どろりと熱いものが流れ込んできた。青い精を口腔内で受け止め、最後の一滴まで搾《しぼ》り取るように竿を手で扱く。とぷんっ、とぷんっと三度に亘って吐精した迅人が、「はっ、はっ」と浅く胸を喘がせた。

肩を上下しつつ、のろのろと顔を上げる。涙に烟《けぶ》った薄茶色の双眸が、賀門が喉を鳴らして自分が出したものを嚥下《えんか》する様を捉えた。

「……あ……」

そのどこか呆然としたような卵形の小さな顔を見下ろして、賀門は唇の端から零《こぼ》れた白濁を指ですくう。

「の、呑んだの？」

掠れ声の問いかけには答えず、指の間の白い体液を舌でぺろりと舐め取り、唇の端で嗤《わら》った。

「……出したばっかりなのに濃いな」

迅人がアーモンド型の双眸をゆるゆると見開く。

その顔を覗《のぞ》き込む賀門と至近で目が合うと、涼しげな目許を赤らめて目を伏せた。

「気持ちよかったか？」

目を伏せたまま、こくっとうなずく。

「そうか。じゃあ今度はおまえの番だな」

ぴくっと細い肩が揺れ、迅人が顔を振り上げた。

「俺の……番？」

「おまえばっかりがひとりで気持ちいいのは不公平だろ？」

「で……でも……だって」

狼狽える迅人に、「できないのか？」と意地悪な言葉を投げかける。

「温室育ちのお坊ちゃんは、なんでもかんでもしてもらうばっかりか？」

目の前の顔がみるみるむっとするのがわかった。

「わかったよ。やればいいんだろ。やれば！」

むきになって声を荒げる負けず嫌いの少年に、賀門は鷹揚《おうよう》にうなずく。

「若い頃は何事もチャレンジだぞ、坊や」

しばらくこちらを睨《にら》みつけていた迅人が、意を決した顔つきで膝立ちになったかと思うと、やおら賀門の股間に顔を埋めた。

不慣れな手つきでボトムのファスナーを下ろし、前をくつろげ、下着の中からまだやわらかい欲望を取り出す。そこまではよかったが、以降、取り出したものをまじまじと見つめて動かない迅人に、賀門は「どうした？」と声をかけた。

「………でか」

ぼそっと気後れしたようなつぶやきが落ち、「そりゃどうも」と答える。成熟した雄を目の当たりにして怯んだ様子の迅人を、賀門はあやすように宥めた。

「大丈夫だって。この前はもっとちっちぇえ孔《あな》に、これを咥《くわ》え込んだだろ？」

迅人の顔がカーッと赤くなる。

「すげぇ美味《うま》そうに下の口でしゃぶってただろうが」

「い、言わなくていいからっ」

叫ぶやいなや、迅人が大きく口を開き、はむっと咥えてきた。だが気持ちが急《せ》いたせいか、喉の奥まで一気に突っ込んでしまったらしく、いきなり激しく咽《む》せる。

「げ……げほ……げほっ」

咥えていたものを放り出して咳き込む迅人を、賀門は「馬鹿。いきなりまるまる一本咥えるやつがいるか」と叱った。

「頭からちょっとずつ呑み込むんだよ」

涙目でうなずいた迅人が、果敢《かかん》にももう一度顔を寄せて、賀門を口腔内に含んだ。

「ん、う……、ン……ん」

慣れない行為と口の中の異物感に眉根を寄せ、うっすらと涙ぐみながら、それでも一生懸命に少しずつ食《は》んでいく。

その必死な様子を見ているだけで、賀門は自身が漲《みなぎ》るのを感じた。

「そうだ。慌てずに……ゆっくりと喉を開くんだ。やさしく……包み込む感じで」

「う、んっ」

「……よし。全部入ったな」

褒美のように頭を撫でてやる。額に落ちたさらさらの前髪を指で梳《す》くと、迅人はうっとりと目を細めた。

「次は舌だ。……自分がされて気持ちよかった場所を思い出せ。さっきのをなぞる感じで舌を使うんだ」

賀門の指示に柔順に応え、迅人が複雑な隆起に舌先を這《は》わせてくる。小さな舌で裏筋を舐め上げられるたびに痺れるような快感が走り、賀門は息を詰めた。

正直言って拙い。おそらく今までの経験の中で一番拙いだろう。なのになぜか煽《あお》られる。稚拙《ちせつ》な口戯に快感が膨《ふく》らみ、どんどん己が質量を増していく。

「んっ、んっ」

口いっぱいに膨らんだ欲望に、迅人が苦しそうに喉を鳴らした。唇の端から唾液が滴《したた》り落ちる。それでも、まるで子猫が母猫の乳に吸いつくようなひたむきさで、迅人はちゅくちゅくと音を立てて、賀門を舐めしゃぶる。

「……いいぞ……上手くなってきた」

気がつくといつしか、迅人の腰が少しずつ持ち上がっていた。高く掲げた剝き出しの白い尻がゆらゆらと揺れる——その扇情的な眺めに、賀門は思わず手を伸ばし、双丘を鷲摑《わしづか》んだ。小さな尻がびくんっと震える。

怒張を口いっぱいに頬張った迅人が抗議できないのをいいことに、ふたつの丸みの間に指を忍び込ませ、あわいをさすった。

「んんっ」

細い腰が揺れる。徐々に窄《すぼ》まりの周辺がやわらかくなってきたのを感じ取り、指をつぷっとめり込ませた。

「………っ」

さすがに今度は迅人が口を離し、賀門を上目遣いに睨み上げる。

「邪魔すん…な」

「咥えただけで感じたのか？」

つーっと指を前に滑らせ、勃ち上がったペニスを握ると、迅人が息を呑んだ。

「俺のをしゃぶっただけで、こんなに硬くして……淫乱《いんらん》だな、坊や」

嬲るような低い囁きに、迅人の顔が傍目《はため》にもわかるほど熱を持つ。

「ち、ちがっ……」

「違わねーだろ。ほら……先っぽからもエロい汁が溢れてる」

その状態を知らしめるために、親指の腹で濡れた亀頭を擦った。ヌチュッと卑猥《ひわい》な音がする。

「アッ……」

迅人が思わずといった調子で高い声を発し、そんな自分に驚いたように唇を噛んだ。感じやすい若い体に笑みを深め、賀門は握り込んだ細いペニスをぬるぬると上下に扱いた。

「あっ、……ん、……あっ」

たまりかねたように、迅人がうずうずと腰を揺らす。

「うぅんっ……あんっ……」

「すげぇな……トロトロに溢れて……こっちもグズグズだ」

もう片方の手で後孔を弄《いじ》り、前と後ろを同時に攻めているうちに、迅人がぎゅうっと首にしがみついてきた。押しつけられた体は燃えるように熱く、呼吸も荒い。

明らかに発情している若い狼の耳に、賀門は甘い声を落とした。

「どうした？　ん？　欲しいのか？」

もはや半ば正気ではないのだろう。迅人がこくこくと首を縦に振る。

「俺のが……ここに……欲しいか？」

孔に浅く指を出し入れしながらもう一度問うと、こくっと喉を鳴らしたあとで、消え入りそうな声が「……欲しい」と囁いた。

「欲しいなら、自分で入れてみな」

「自分……で？」

訝しげにつぶやく迅人に、「俺の上に乗って、自分で入れるんだよ」と促《うなが》す。

漸《よう》く、賀門の言わんとすることを理解したらしい。困惑の表情を浮かべたまま、迅人がおずおずと跨《また》ってきた。隆《りゅう》と天を仰ぐ勃起を後ろ手に摑んで、おっかなびっくり腰を落とす。

「ひっ……あぁ……っ」

自らの体重によってずぶずぶと串刺しにされた迅人の白い喉から、悲鳴が迸《ほとばし》り出た。涙がぶわっと盛り上がる。狭い筒に押し込まれた賀門も、そのキツさに眉根を寄せた。

「……おい、大丈夫か？」

顔をしかめつつ、半分ほど受け入れた状態で固まってしまった迅人を気遣う。

「辛いんなら無理すんな」

「大……丈夫」

だが迅人は気丈にも首を横に振り、ふたたび動き始めた。腰をくねらせ、じわじわと賀門を根元まで呑み込んでいく。賀門もその動作がスムーズになるように援護した。

数分に及ぶ共同作業の末に、熱くて狭い粘膜に完全に覆われた賀門の口から、ふーっと深い息が漏れた。

迅人が少し落ち着いたのを見計らい、身を起こす。対面座位になると、迅人のスウェットの裾《すそ》をたくし上げて胸に触れた。ふたつの胸飾りを指できゅっと摘《つま》んだ刹那、びくんっと迅人の体が跳ねる。

「あっ」

乳首にやさしく刺激を与えながら、耳許に「自分で動いてみろ」と囁いた。迅人がふるっと首を振る。

「……無理……」

「やりもしねぇで諦めるな。気持ちよくなるように自分で動いてみろって」

叱咤激励された迅人が、どうやら待っていても賀門からのアクションはないと覚ったのか、おずおずと自分で動き出した。膝に力を入れてそろそろと体を持ち上げ、抜けるギリギリのところでゆるゆると身を沈める。

「そうだ……自分の気持ちいい場所に擦りつけるように動け」

はじめはその動きもぎこちなく、もどかしいほどにスローペースだったが、だんだんとコツが摑めてきたらしい。次第にスピードが上がり、時折中をきゅっと締めつけてくるようになった。

「上手いぞ。……どんどん上手くなってる」

労《ねぎら》いの声に応えるように、一生懸命に動く様がいじらしい。自分で動いているうちに感じてきたのか、やがて内部が淫《みだ》らに蠕動《ぜんどう》し始めた。

「あっ、んっ、あぁん……」

しどけなく開いた唇から、濡れた嬌声が零れ落ちる。緩急をつけて引き絞るように甘く締めつけられ、賀門の快感も急速に高まっていく。

「……くそっ」

ひときわキツい締めつけに眉をひそめた直後、賀門はたまらず迅人の腰を掴んだ。下からずんっと突き上げる。

「あぅっ」

迅人が背中を大きく弓なりに反らせる。

「どうだ？　……いいところに当たってるか？」

「んっ、ぅんっ……当たってる……硬いの、ずんずんって当たって……あぁっ」

舌足らずな返答の間も、賀門は腰を激しく突き上げ続けた。

「ひ、んっ」

「気持ち……いいか？」

「いい……そこが気持ちいい……っ」

喘ぎ、腰をゆらめかせた迅人が、自分から感じる場所に擦りつけてくる。乳首をつんと尖らせ

た白い体を淫らにくねらせる、その姿がいかにエロティックか、自分ではわかっていないらしい。

勃ち上がった欲望の先端からも透明な蜜が溢れ、軸を伝った愛液が、結合部でぐちゅっ、ぬちゅっと濡れた音を立てる。

うねる内襞にきつく食い締められ、賀門は「うっ」と呻いた。射精感に追い立てられるように、激しく抜き差しを繰り返す。

「やっ……あっ、あぁっ」

仰《の》け反った体がびくびくと痙攣《けいれん》した。

「もう、いく……いっちゃ……うっ。あぁ――っ」

高い声を放って迅人が極めるのとほぼ同時に、賀門も弾ける。ゆっくりと腰を動かしながら、熱い熱情をたっぷりと中に注ぎ込んだ。

「あ……あ……あ」

絶頂の余韻に身を震わせて、迅人が前のめりにぐずぐずと倒れ込んでくる。その体をしっかりと抱き留め、賀門も熱い息を吐いた。


もはやその回数すら定かではない何度目かの情交のあと、くったりと賀門の胸に伏せていた迅人の耳に、確かな鼓動が伝わってくる。

（なんか……気持ちいい）

セックスの快感とは種類が違う気持ちよさ。大きくてあたたかいものに包み込まれる――安寧《あんねい》のような心地よさに、迅人はうっとりと目を細めた。

そんな場合じゃないことはわかっている。

きっと今頃、みんな心配している。こんなことをしている暇があったら、一刻も早く逃げ出さなきゃいけないのに……。

でも、賀門に抱き締められて、その体から立ち上る甘い匂いを嗅《か》ぐと、頭がぼうっとして、何も考えられなくなってしまう。男に命じられるがままに恥ずかしい格好をして、女みたいな声で喘いで……。

「満足したか？」

掠れ声の問いかけに、こくっとうなずく。すると賀門が喉で笑った。

「そいつはよかった。さすがの俺もこれ以上は無理だからな。さっきので最後の一滴まで搾り取られちまった」

実のところ、数度に亘って溢れるほどたっぷりと中に出された実感があったので、顔がうっすら赤くなる。少しでも動いたら、男の放埒《ほうらつ》が脚の間から流れ出てきてしまいそうだ。

「後始末しないとな。中出ししちまったから」

思い出したようにつぶやいた賀門が、迅人の体をそっと押しのける。

（……やだ！）

離れ難い衝動に駆られ、とっさにぎゅっと逞《たくま》しい胴体にしがみついてしまい、おでこを拳固《げんこ》でコツンと軽く叩かれた。

「こら、動けねぇだろ」

叱られて、渋々と手を離す。

上半身を起こした賀門が、俯《うつぶ》せの迅人の頭に手を置き、そっと撫でた。

「今、タオルを持ってくるから、おまえは寝てろ」

狼の姿の時に毛並みを撫でられたのと同じ——慈《いつく》しむようなやさしい手の動きに身を委ねながら、ふと、こんなやさしい男がなぜ、という素朴な疑問が胸に浮かび、気がつくと声に出していた。

「あんた……なんでやくざになったの？」

賀門の手の動きが止まる。

「なんで……か」

改めて考え込むような声音が落ちた。

「他に選択肢はなかったってのが正解かもな。おまえが生まれつき人狼だったのと同じように、俺にもこの道しかなかった」

首を捻って、賀門と目が合う。

「……どういう意味？」

「ガキの頃に親に捨てられて児童養護施設で育ったんだが、そこの職員のひとりが最悪なサディストで、散々にいびられてな。折檻《せっかん》もしょっちゅうで……ほら、おまえを手荒く尋問した男がいただろう？　顔立ちの妙に整った――」

「杜央《もりお》って人？」

賀門が、よく名前まで覚えているな、と感心したような声を出した。

「あいつも同じ養護施設出身なんだが、小柄でなまじ顔が綺麗なもんだから特に目をつけられて、性的な暴行を受けたり……セクハラもひどくてな。弟分のあいつを庇《かば》っては、俺も殴る蹴るの折檻を受けていた。あの頃は体中にいつもどこかしら傷や痣《あざ》があった」

思わず身を起こし、確認する。

「性的な暴行って……まだ子供だったんだよね？」

「そいつにとっては、子供だろうが男だろうが関係ない。自分より弱い者はすべからくその嗜虐性の餌食《えじき》なのさ」

吐き捨てるような賀門の低音に、迅人も顔をしかめた。もしそれが本当なら、やくざ以下の最低な男だ。

「誰も助けてくれなかったの？」

「凶暴で小山みたいにデカい大男だったからな。院長以下、職員もみんな見て見ぬふりだ」

「……ひどい」

「ある日、連日の暴行に耐えかねた杜央がそいつの腹を隠し持ってたフォークで刺したんだ」

ごくっと唾を呑む。

「し、死んだの？」

「いや……所詮ガキの力だ。そこまでの傷じゃない。だが回復して戻ってきたら、それこそ何をされるかわからない。やつの報復を恐れた俺たちは、夜中にこっそり施設から逃げ出した。俺が十で、杜央が七つの時だ」

「…………」

淡々と語られる凄絶な過去に、迅人は言葉を失った。

さっき、あまりにさらっと言われて流してしまったが、親に捨てられて天涯孤独ということだけでも相当なダメージだろうに、その上、身を寄せた養護施設でそんな目に遭《あ》うなんて……。

（自分なら立ち直れないかもしれない）

「そ、それで？」

「逃げたはいいが、手持ちの金はすぐに底を突いた。野宿は当然ながら食うものにも困って、仕方なく、商店街の店頭から商品を盗んで餓えを凌《しの》いでいた。だがまぁ、そんな悪さは長く続かない。そのうちにとっ捕まっちまった。警察に突き出されたら、また養護施設に逆戻りだ。俺も杜央も半ばそれを覚悟していた。だが、あわや警察に突き出されるって寸前で、ひとりのオッサンが『待て。ガキどもは俺がしばらく預かる』と言い出した」

賀門の人生に初めて救いの手が差し伸べられたことにほっとする。

「オッサンは、当時その一帯を仕切っていた高岡組《たかおかぐみ》ってぇ小さな組の組長《オヤジ》で、商店街の「顔」だった。高岡の組長には子供がいなくてな。事情を聞いて同情してくれて、俺たちの面倒を見てくれることになった。家に居候《いそうろう》させて三食食わせてくれて、学校にも通わせてくれた」

「恩人……だね」

賀門がうなずいた。

「ああ、命の恩人だ。その組長が五年前に死んで、俺は組を継いだ。十人に満たない小さな組だが、今はそこそこシノギも上手く回っている」

「そっか……」

「おまえんとこみてぇに由緒《ゆいしょ》正しい血筋でもないし、ごろつきの集団だが、それでも組員たちは長年苦楽を共にした家族みたいなもんだ」

組員たちを「家族」同然だと思う気持ちは、迅人にもわかった。

自分も同じような境遇に生まれ育ったから……。

「組長に託されたからには組を潰すわけにゃいかない」

賀門が、自分に言い聞かせるような声音を落とす。

「………」

だから、自分を攫《さら》ったのだ。亡くなった組長の恩義に応え、自分の組を護るために。

今、どんなに深く抱き合ったとしても、いつかこの男は自分を切り捨てる。取引に使えないとなったら、東刃会《とうじんかい》の指示如何《いかん》で、始末するかもしれない。

仕方がないんだ。

それが、東刃会の傘下にある組の組長《ヘッド》としての、この男の「仕事」だから。

自分が家族を大事に思うのと同じように、賀門も杜央たちが大切なんだから。

そう、頭ではわかっていても、胸が……キリキリと痛む。胸の奥底がギシギシと軋《きし》む。

(心臓……痛い)

生まれて初めて知るような切なさを堪《こら》え、灰褐色の瞳をじっと見つめていると、賀門がふっと口許を歪めた。

「こんな話……誰にもしたことなかったのにな」

ひとりごちるみたいにつぶやいて、迅人の頬に手の甲を押し当てる。すっと撫で上げてから、男らしい眉をひそめた。何かを断ち切るように、少し乱暴に手を離す。

「ちょっと待っていろ」

ベッドを降りて身を返した男の、引き締まった広い背中を見上げて、迅人は唇をきゅっと嚙み締めた。


山小屋の一階には、大型テレビもあれば音質のいいオーディオもある。本や雑誌、DVDもバラエティ豊かなラインナップが揃《そろ》っているし、インターネットこそ繫がっていないが、パソコンもある。サウナ付きの風呂と、かなり大きなサイズのベッドもある。さらにキッチンの冷蔵庫には一週間は優に保つ食材が大量にストックされている。酒も、ビールから日本酒、ワイン、ウォッカまで、なんでもござれだ。すべて人質の監視のための籠城《ろうじょう》に備え、用意されたものだ。

だが、賀門はその快適な地上空間をほとんど使わず、一日のほぼ全部の時間を、地下室で過ごしていた。

地下室で何をしているかと言えば、ひたすら発情期の狼の相手だ。

制御できない欲情を持て余す若き狼を抱いて、火照った体を慰めつつ、未知の快感を教え込み、甘い声で啼かせる。

迅人は、賢いせいか覚えが早かった。もともとの身体能力が高いこともあるのだろう。はじめは何をするにもたどたどしく拙かったが、教えればすぐにツボを呑み込み、こちらの要求に淫らに応えてみせた。

言葉を習いたての子供のように、迅人が覚えたてのセックスに夢中になっているのがわかる。

賀門もできる限り、迅人の求めに応えたかった。初めての発情期を迎えた狼の、尽きることのない「餓え」を自分の体で満たしてやりたかった。

閉じられた空間の中の、ふたりだけの世界。

お互いしかいない。お互いしか見えない……時が止まったような、濃密な時間。

だが、この時間はそう長く続くものじゃない。

限られた時間だと思えば、余計に離れ難い気持ちが募る。

一分、一秒が惜しい気がして——その気持ちは迅人も同じだったのだろう——どちらからともなくお互いを貪欲に求め……。

寸暇《すんか》を惜しんで抱き合っては果て、果ててはまた抱き合い……その繰り返しで一昼夜が過ぎた。

「ったく、何やってんだかな……」

キッチンで昼食の用意をしながら、賀門の口から覚えずぼやきが落ちる。

丸一日、ものも食べずに抱き合ったが、さすがにそろそろスタミナ切れだ。何も胃に入れずに出すばっかりじゃ、いい加減ふたりとも死んじまう。

そう迅人を説得して、一階へ上がってきたのだ。

(それにしても)

二十四時間、飲まず食わず、眠らずでやりっ放し。

これじゃあ、迅人のみならず自分までもが発情期の獣だ。

いくら抱いても飽きるということがない。それどころか、抱けば抱くほどもっと欲しくなる。

他の何も見えなくなるような――ずぶずぶと首まで浸《つ》かるような、こんな底無しの欲情は、十代でとっくに卒業したはずだった。なのに……。

(獣……か)

はじめこそ度肝《どぎも》を抜かれたが、今では人狼の存在をすんなり受け入れている自分がいる。

その存在を知った者は消されると聞かされても、自分を不運だとは思わなかった。

もとよりそう長生きできると思っていなかったせいもあるが、『生涯秘密を守り通す』という十字架を背負うのと引き替えに、あの奇蹟のような存在に触れることができた自分を、今は幸運だと感じている。

ピンと立った耳。スレンダーな胴体にすらりと伸びた四肢。ふさふさの尾。

ひと目でその姿に魅入《みい》られた——年若く美しい銀狼を脳裏に思い浮かべていると、プルルルルッとどこかで電子音が鳴った。

プルルルルッ、プルルルルッ。

呼び出し音を耳に、携帯の存在を思い出す。ずいぶん前に充電器に突っ込んだまま、一日三回の定時連絡もすっかり放置していた。おそらくは今までも何度か鳴っていたのだろうが、地下室に籠《こ》もっていたので気がつかなかった。

丸一日連絡がつかないことに、痺れを切らした杜央からであろうことは察しがつく。

何かあったのかと賀門の身を案じ、さぞやカリカリしているに違いない。

プルルルルッ、プルルルルッ。

できることなら出たくなかったが、このまま放置し続けるわけにもいかなかった。

ふたりだけの世界から現実へと引き戻す呼び出し音にふーっと嘆息を吐き、賀門はキッチンを出た。リビングまで大股で歩み寄り、ローテーブルの上の充電器から携帯を抜き取る。ディスプレイの【久保田《くぼた》】という表示に眉をひそめつつ、通話ボタンを押した。

「……俺だ」

一瞬の息を呑む気配のあと、杜央の声が『士朗《しろう》さん……ですか？』と問うてくる。

賀門が組長に就任し、杜央が若頭になって以来、ひさしぶりに下の名前で呼ばれた。その呼び方からも、杜央の動揺が伝わってくる。

『よかった。……やっと連絡がついた』

「ああ、すまん……ちょっといろいろあってな。携帯に出られなかった」

『いろいろ？　……いろいろってなんですか？』

杜央がむっとしたのがわかり、しまったと思ったが遅かった。

『タイミングが悪くて携帯に出られなくても、折り返すことくらいできるでしょう？　連絡つかない間、こっちはずっと心配していたんですよ。大神組の襲撃に遭ったんじゃないかとかあれこれ考えて。これで通じなかったら、そちらへ向かおうと思っていたところです』

憤《いきどお》りを懸命に堪えているのがわかる低音に、頭をガリガリと掻く。

だからといって本当のこと――定時連絡も忘れて一日人質と乳繰《ちちく》り合っていたなんて白状したら――それこそ火に油を注ぐようなものだ。

「悪かったよ。すまん……心配かけたな。本当に悪かった」

繰り返し謝るしかなかった。

「だが、心配するような問題はない。こっちは大丈夫だ」

『………』

まだ文句を言い足りなさそうな杜央が、数秒の間を取ったのちに、『……人質は？』と訊いてくる。

「ああ、元気だ」

『そうじゃなくて、指はどうなっているんですか？』

苛立った口調で問い詰められ、賀門は渋面を作った。

「……わかってるよ。もうちょっと待ってくれ。明日には…」

『士朗さん』

みなまで言う前に、ドスのきいた声で遮《さえぎ》られる。

『まさか、あのガキに情が移ったんじゃないでしょうね？』

探るような声音にぎくりとした。さすがにつきあいが長いだけあって勘が鋭い。

内心で舌を巻きながら携帯を握り直し、敢《あ》えて明るい声で「んなわけねぇだろ」と笑い飛ばす。

『……ならいいんですが。あなたは本来堅《かた》気《ぎ》と女子供は傷つけないのが信条ですし、根がやさしい人ですから、ほだされて妙な気を起こさないかと心配で』

「心配するな。俺だって組長としてやらなきゃならねぇことはやる」

『………』

「遅くとも明日には用意してこっちから連絡を入れるから」

『わかりました。先方にもそのように伝えます』

「ああ……頼む。悪かったな、杜央」

最後にもう一度詫びると、『……いいえ、士朗さんがご無事ならいいんです』と、殊《しゅ》勝《しょう》な言葉が返ってきた。

通話を切った携帯をパチンと折り畳み、充電器に放り込む。

(明日か)

自分で切った期限に、賀門は大作りな顔をしかめた。

だが、これ以上の引き延《の》ばしは無理だ。今の電話の様子じゃ、杜央は自分を完全には信用していない。明日連絡がなければ、自ら乗り込んでくるだろう。

（その前にケリをつけねぇとな）

木肌が剝き出しになった壁を睨みつけていると、先程の杜央の台詞がリフレインしてくる。

――あのガキに情が移ったんじゃないでしょうね？

情？

賀門は眇《すが》めていた両目をゆるゆると見開いた。

たしかに肉体関係はあるし、その体に溺れてはいるが、気持ちまで持っていかれている自覚はなかった。だが……。

（そうなのか？）

自分は、あの澄んだ目をした少年に……惚《ほ》れているのか？

同じ男で、ダブルスコア年の離れた未成年。本来の自分の好みとは真反対で、しかも……人間ですらない相手だぞ？

眉根を寄せ、しばらく宙を厳しく見据えてから、賀門は首を左右に振った。

考えても無駄だ。

突き詰めた結果、自分の真情を解明できたところで、どうにもならない。

むしろそんな感情は邪魔だ。

自分はこれから、迅人を傷つけなければならないのだから。

明日までに指を調達しなければ、東刃会はうちを見限るだろう。使えないと判断され、迅人を渡せと言ってくる。東刃会の手に渡ったら、迅人はどんな扱いをされるかわからない。大神組の出方次第で、嬲られるか、リンチを受けるか。

自分に対してそうだったように、暴力に誘発されて、正体を現してしまう危険性だってある。東刃会の前で人狼になった日には……最悪だ。想像しただけでぞっとする。そうなることだけは、絶対に避けたかった。

「……どのみちやるしかねぇんだ」

昏《くら》い声でひとりごち、キッチンに戻る。

十五分後、パテを手作りしたハンバーガーをトレイに載せ、ドリップしたコーヒーを携帯用のポットに入れて、賀門は地下へ降りた。

階段を降りる途中でパタパタという足音が聞こえ、鉄のドアの覗き窓に小さな白い貌《かお》を認める。どうやら自分の靴音に反応してドアに駆け寄ってきたらしい。階段の賀門と目が合った刹那、迅人がほっと安堵の表情を浮かべた。

だが次の瞬間、そんな自分に気恥ずかしさを覚えたかのようにくるっと後ろを向き、ドアから離れていく。

解錠してドアを開け、地下室の中に入ると、迅人はスウェット姿でベッドに腰かけていた。まっすぐ前の壁を睨みつけ、賀門が近づいてもこちらを見ようとしない。

賀門はラウンドテーブルの上にトレイとポットを置いた。

「待たせたな。粘りが出るまで肉を混ぜてたら遅くなっちまった。だがその分、旨味《うまみ》は出たはずだ。パテの焼き具合も上手くいった。俺特製のバーガーは美味いぞ」

自画自賛しながら、トレイの上の紙コップにポットからコーヒーを注ぐ。たちまち室内に淹《い》れたてのコーヒーの香ばしい香りが充満した。

「コーヒーも淹れたてだ。豆もオリジナルブレンドだぞ。冷めないうちに呑んで食え……」

「遅いよ」

ぽつりとつぶやきが落ちた方へ首を傾ける。迅人の顔は、変わらず前を向いたままだ。

「……上で何してたんだよ？」

「ご覧のとおり、おまえに昼メシを作ってた」

ちらっと横目でこちらを見た迅人が、すぐにぷいっと逸らす。

拗《す》ねた横顔に、賀門はふっと笑みを零した。

（かわいいやつ）

まるで、主人のお出かけに拗ねる子犬だ。

「ひとりで寂しかったのか？」

「寂しくなんか……っ」

勢いよく首を回した迅人が、賀門と視線がかち合ったとたんに肩を揺らす。薄茶色の瞳を至近からじっと見つめると、目がうろうろと泳ぎ、やがて賀門の視線に圧し負けたようにじわじわと俯いた。

「……ない」

消え入りそうな声でつぶやく迅人の、うっすらと赤い顔を見ているうちに、胸の奥底から熱いものが込み上げてくる。

まだ痛々しいほどに未熟で、眩《まぶ》しいくらいにまっすぐで。

真っ新《さら》で壊れやすい魂が……脆《もろ》いからこそ……愛おしい。

(そうだ……愛おしい)

切なくも熱い想いに圧されるように、賀門は迅人の肩に手を置いた。視線を上げた迅人の顔に、ゆっくりと自分の顔を近づける。

唇に唇で触れた瞬間、迅人がぴくりと震えた。形のいい唇に触れ、やわらかい膨らみを啄《ついば》むように数秒吸ってから、そっと離す。

その間、迅人は両目を見開き、石のように硬直していた。唇を離したあとも、大きな目をさらに大きく瞠《みは》って賀門を見つめ続けている。

体は何度も繋げていても、くちづけるのは初めてだったから驚いたようだ。

「今のって……キス?」

ひとりごちるようにつぶやいて、みるみる赤くなる。

「な、なんで?」

困惑げな声にじわりと双眸を細め、賀門は謝った。

「……なんでもない。すまなかった」

自分を不思議そうに見上げる迅人に背を向ける。壁際近くまで行って、賀門は片手で乱暴に髪を掻き上げた。

(何やってんだ……俺は)

いい年して、中学生みたいなキスしてる場合か。

今やるべきことは、自分に課せられた「仕事」を全《まっと》うすることだ。

組を託して死んだ高岡の組長のために。自分を信じて待っている組員のために。

多少の犠牲は払っても、それが結果的には迅人のためでもあるはずだ。

そう自分に言い聞かせるそばから、迷いが生じる。

本当にそうなのか？　本当にそれが最善の策と言いきれるのか？

どんどん大きくなる惑いに、賀門はきつく拳《こぶし》を握り締めた。

(くそっ)

どんっとコンクリートの壁を叩くのと同時だった。背後で、気を取り直したような声が聞こえる。

「あ……じゃ、じゃあ、せっかくだからいただきます」

「………っ」

賀門は後ろをばっと振り返った。迅人がコーヒーに口をつけようとしているビジュアルが目に飛び込んできた刹那、無意識に体が動く。

「呑むな！」

叫んで迅人に駆け寄り、その手から紙コップを弾き飛ばした。宙で弧《こ》を描いた紙コップが床に落下して、パシャッとコーヒーが零れる。

びっくりした顔つきで、迅人が自分の前に仁王立ちする賀門と、みるみる広がっていく床のコーヒーを見比べた。

「……何？」

8

「……何？」

コーヒーの入った紙コップを賀門に弾き飛ばされ、呆然としている間に腕を掴まれた。

「来い！」

強い力で迅人を引っ張りながら鉄の扉に向かって歩き出した賀門が、ドアを開けて地下室を出る。

（………え？）

今までずっと監禁されていたのが、突然部屋の外へ連れ出されて面食らった。昨日、変身したあとで足枷は外してくれたけれど……。

「ど、どこ、行くんだよ？」

問いかけにも答えはない。無言で自分をぐいぐいと引っ張って階段を上がっていく男の、広い背中を訝しげに見つめつつ、今さっきの出来事を思い起こす。思考は混乱していたが、なんとか状況を整理しようと試みた。

ただならぬ形相《ぎょうそう》で「呑むな！」と叫び、紙コップを弾き飛ばした賀門。

ひょっとして……あのコーヒーに何か入っていたのか？　睡眠薬とか、毒薬とか。

いや……毒薬はないだろう。人質を殺してしまっては意味がない。じゃあやっぱり睡眠薬？

もしかしたら、その睡眠薬で自分を眠らせて、指を詰めようとしていたんじゃないか。

そう推論を導き出した時には一階に着いていた。一瞬手を離した賀門が、部屋の隅からムートンブーツを持ってきて、迅人に向かって突き出す。

「これを履け」

靴を履かせてどうするつもりなのか?

賀門の意図がわからず、疑心暗鬼《ぎしんあんき》に駆られた迅人は首を横に振った。

「嫌だ」

「いいから、ごねてないで、素直に言うことを聞け」

苛立った様子の賀門から一歩後ずさり、上目遣いに睨みつける。

「あんた、さっきのコーヒーに睡眠薬を仕込んでいたんだろ?」

「……………」

賀門がかすかに眉根を寄せた。

「狼化すると困るから、俺を眠らせた上で小指を落とすつもりだった。違うかよ?」

迅人の追求に小さくふっと息を吐き、「……そうだ」と認める。

「………っ」

自分の推測が当たったことへの爽快感など微塵《みじん》もなかった。

(……やっぱり)

やっぱりそうだった。この男は自分を騙《だま》そうとしたのだ。やさしくしたのも、人狼だとわかってからも抱いたのも……全部……すべて自分を油断させるためだった。

裏切られたショックに胸がキリキリと痛む。

谷底に突き落とされるような失望に唇を噛み締め、迅人は目の前の男を罵《ののし》った。

「嘘つき！」

賀門の顔が、苦しげに歪む。その顔を烈《はげ》しい眼光で睨みつけ、「信じてたのに！」と叫んだ。

そうだ。信じていた。自分は、この男を。

敵であるはずの男を、信じていたのだ。

「もう二度と傷つけないってあんたの言葉、信じてたのに！」

何か鋭利なもので胸を刺されでもしたように、今度はくっきりと賀門の眉間に皺が刻まれる。

やがて、苦渋に満ちた掠れ声が言った。

「そうすることがおまえのためだと……思ったんだ」

「俺のため？」

「このまま指を渡さなければ、東刃会はうちを見限り、おまえを引き渡せと言ってくるだろう。東刃会の手に渡ったら、小指一本じゃ済まない。ことによっては死んだほうがマシなくらいの扱いを受ける可能性が高い。そうはさせたくなかった。……おまえを、俺の手の届かないところへやりたくなかった」

一語一句を噛み締めるように語る賀門の声は真摯《しんし》で、その場凌ぎの言い訳には聞こえなかった。

「だから……指を？」

「だが……当面取り繕《つくろ》ったところで、所詮は時間稼ぎでしかない」

低い声でつぶやいた賀門が、迅人の目を思い詰めた眼差しで見つめ、「頼む」と乞う。

「もう一度だけ俺を信じて靴を履いてくれ」


騙されかけたのに「もう一度だけ」なんていう言葉にほだされる自分は甘いのかもしれない。

だけど、「信じてくれ」と懇願する賀門の目は真剣だった。

それに、睡眠薬入りのコーヒーだって、結局は自分で払いのけたわけだし……。

目の前の男は、自分の行いを本気で悔《く》いているように見える。

心を千々《ちぢ》に乱しながらも、やっぱり賀門をもう一度信じたい気持ちが勝って、迅人はムートンブーツに足を入れた。

「これも着ろ」

迅人がブーツを履いたのを見計らい、賀門がダウンジャケットを差し出してくる。自分も革のコートを羽織った賀門が、迅人がダウンを着込むなり、「行くぞ」と促した。

「行くって……どこへ？」

それにはやはり今回も答えず、賀門は先に立って山小屋を出る。

「……また無視かよ」

答えのないことに苛立ったが、ひとりでここに残ったところでどうしようもない。そう判断して、賀門のあとを追った。

小屋の外に出た迅人は、ひさしぶりの外気を胸いっぱいに吸い込んだ。まだ昼過ぎだが、天気は薄曇りで気温もかなり低く、息が白くたなびく。剝き出しの顔や手が冷たかった。

丸太の階段を先に降りた賀門が、雪を踏み締めて歩き出す。数歩行って足を止め、振り返って「来い」というふうに顎をしゃくった。

解放感に浸《ひた》る間もなく、迅人も階段を降りる。

十メートルほど歩いて黒いSUVに辿《たど》り着くと、賀門は遠隔操作でロックを解除し、助手席のドアを開けた。

「乗れ」

さっきから最低限の単語しか発しない賀門を軽く睨みつけ、釈然としないものを感じつつも助手席に乗り込む。すると賀門も運転席に乗り込んできた。

ドアをバンッと閉め、イグニッションキーを回してエンジンをあたためる。その間にシートベルトをして、迅人にもシートベルト着用を促した。

少しバックしてから切り返したSUVが、狭い雪道を下って本道へ出る。本道に乗ると、下り方面に向かって走り出した。

（下ってる……ってことは下山するってこと？）

運転席の賀門をちらっと見やる。

彫りの深い横顔は、まっすぐ前方を見据え、ちらりともこちらを見ようとしない。運転に集中しているようだ。

（どこか別のアジトに移送するってことだろうか。それとも……）

あれこれ可能性を考えてみたが、賀門が何を考えているのかはわからなかった。

どのみち、行ってみればわかることだ。賀門の求めに応じ、ついていくことを選択した時点で、自分の運命をこの男に委ねたも同然。こうして車に乗ってしまった以上は、今更じたばたしたところで仕方がない。

開き直り半分にそう決めた瞬間、気持ちが少し楽になった。

きっと……悪いようにはしないはずだ。賀門は自分のためを考えてくれている。そうでなければ、さっきコーヒーを呑むのを阻止したりしない。

そう信じて、シートに凭《もた》れかかる。暖房の効いた車内で心地よい揺れに身を任せているうちに、強烈な眠気が襲ってきた。

そういえば、もうずっとまともに眠っていなかった……。

だんだんと意識が薄れていき——次に意識が戻ったのは、肩を揺さぶられた時だった。

「起きろ」

耳許の声にじわじわと目蓋《まぶた》を開く。焦点の曖昧《あいまい》な視界の中に、灰褐色の双眸が映り込んだ。

「あ……」

自分を間近から覗き込んでいる男にパチパチと両目を瞬かせる。

「俺……寝てた？」

「ああ、ぐっすりな」

「ごめん……」

謝って、ずり下がっていた体を起こした。いつの間にか、車は車道の端に停まっている。首を捻り、窓から外を見た迅人は、「えっ」と声を出した。

眠る前に見えていた樹木ばかりの景色とは違って、民家らしきものの屋根がちらほらと見えたからだ。

「ここ……どこ？」

問いかけに、初めて賀門が答えを寄越した。北陸地方の県の名前と、迅人が聞いたことのない地名。

「ここが村の入り口だ。単線だが駅もある。駅の場所がわからなかったら誰かに訊け」

そう言って、一番はじめに『みずほ』で会った時と同じく、コートのポケットから剝き出しの一万円札の束を取り出した。厚みのある束から無造作に十枚ほどを抜き取り、迅人のダウンのポケットに突っ込む。

「これで東京までのチケットを買え」

ポケットからはみ出た新品の一万円札をぼんやり見下ろしてから、迅人は顔を上げた。

「って、意味がわからな…」

「駅で電話をしておけば、東京に着いた時点で迎えに来てもらえるはずだ。それまではあまり人目につかないように気をつけろ。見ず知らずのやつに声をかけられても気を許してついていったりするなよ。東京で身内に会うまでは気を張っていろ」

漸く、賀門が言わんとしていることがわかり、ゆっくりと両目を見開く。

「……ど、どういうこと？」

「逃げろ」

端的《たんてき》な指示に、迅人は息を呑んだ。

「今夜中に俺が連絡をしなければ、明日には杜央がここに来る。そうなる前に逃げろ」

それが——賀門が出した結論？

仲間を裏切り、上部組織の意に背き、自分を逃がすことが……？

あまりに突然過ぎて、解放される悦びよりも、戸惑いのほうが大きかった。

ほどなく、その決断が賀門にとって何を意味するのかに思い至り、迅人は「で、でも！」と声を張りあげた。

「そんなことをしたらあんたが……っ」

「俺はどうにでもなるさ」

賀門が薄く笑い、肩を竦めた。

「もともとさして持ちものもないから、失うダメージも少ない。だがおまえは……おまえがいなくなったら悲しむ人間がいる」

低く告げると、賀門は運転席から降り、回り込んで助手席のドアを開けた。

「降りろ」

反射的に尻ごむ迅人の腕を摑み、強い力で引っ張る。

「嫌だ！　嫌っ」

抗ったが、抵抗をものともしない力で乱暴に引きずり降ろされてしまった。そのまま追い立てられそうになり、あわてて賀門の腕を摑む。

「ちょ……ちょっと待って。いきなりでわけわかんないよ。話、したい」

「話なんかない」

冷たい拒絶の言葉に、束の間言葉を失った。

話なんかない？

だって、あれだけ抱き合ったのに。何度も何度も体を繋げたのに。キスだって……。

なのに別れを惜しむ言葉ひとつ……ないの？

突然突き放されたような心細さ。切なくも辛い気持ちが込み上げてきて、迅人は目の前の男の顔をじっと見つめた。

（なんか、言ってよ）

一言くらい。何か……。お願い。

「…………」

迅人の縋るような眼差しを受け留めていた賀門が、じわりと双眸を細める。かと思うと摑んでいた手を不意に離し、代わりに肩を摑んだ。くるっと体を裏返される。

「早く行け！」

どんっと背中を押され、迅人はたたらを踏んだ。

それでも踏ん切りがつかずに振り返る。すると、賀門がものすごく恐い顔で怒鳴った。

「行け！」

有無《うむ》を言わせぬ強い口調で追い払われ、仕方なく数歩歩く。足を止めて振り返ったが、仁王立ちした賀門の顔は厳しいままだった。威圧オーラに負けて、俯き加減にとぼとぼと歩き出す。

(なんだよ？　なんか一言くらい言ってくれたっていいじゃんか。……ケチ。もう会えないかもしれないのに)

もう……会えない？

自分で自分のつぶやきにはっと胸を衝《つ》かれ、思わず立ち止まった。

ここで別れたが最後、この先ふたたび賀門に会える確証はないのだ。

もう二度と会えないかもしれない。

そう思ったら、足がぴくりとも動かなくなる。どうしても次の一歩が踏み出せない。

強ばった顔で道の真ん中に佇《たたず》み、踏み締められた固い雪をじっと見据えていると、背後でバンッと車のドアが閉まる音が聞こえた。

(……行っちゃう)

行っちゃったら、二度と会えない。二度と抱き合えない。あの大きくてあたたかな体を、野卑《やひ》だけどやさしい男を、永遠に失ってしまう。

それは嫌だ。嫌だ。嫌だ！

迅人は両手の拳をきつく握り締めた。

嫌だけど……でも、賀門が立場を危うくしてまで解放してくれたのだ。その気持ちを汲まなきゃいけない。賀門はああ言ったけど、ダメージがないはずはなくて……。きっと東刃会からペナルティとか課せられる。組長として責任も問われるだろう。それを承知の上で逃がしてくれた。そのせっかくの心遣いを……無駄にしちゃいけない。

自分が無事に東京に戻れば、大神組が東刃会に脅される理由もなくなるんだ。

今この瞬間も、みんなが心配している。父さんも、叔父貴も、峻王《たかお》も、立花《たちばな》先生も……。

（一刻も早く、みんなを安心させてあげなくちゃ）

ブロロロロ……。

背後からエンジンの音が聞こえてきて、びくんっと肩が震えた。

我慢できずにのろのろと振り返る。まだSUVは停まっていた。フロントウィンドウのガラス越しに大きなシルエットを認めた刹那、心臓を鷲摑みにされたみたいに、胸がぎゅうっと締めつけられる。

（やっぱり……嫌だ）

もう会えないなんて嫌だ！

突き上げるような衝動に駆られて身を翻《ひるがえ》し、迅人は駆け出した。バックしてUターンする車を追って、全速力で走る。なんとかSUVに追いつき、さっき来た道を引き返す車と併走しながら拳でサイドウィンドウをどんどんと叩く。

「停まって！　車、停めて！」

驚いた賀門が急ブレーキをかけた。キキーッとブレーキが軋む音を立てて、ＳＵＶが停まる。

運転席のドアが開くやいなや、賀門の怒鳴り声が頭上から降ってきた。

「何やってんだ！　危ねぇだろ!?　大体なんで戻って…」

「あんたと離れたくない！」

虚《きょ》を衝かれた表情で、賀門が両目を瞠る。

「迅人？」

「このまま……なんて嫌だ！　二度と会えないなんて嫌だ！」

頑是《がんぜ》ない子供のような訴えに、賀門の顔がくっと歪んだ。

「馬鹿野郎……俺がどんな思いで……」

苦しい声が落ちる。

それはわかっている。わかってるけど、それでも。

「……嫌だ」

迅人は背伸びをして両腕を精一杯伸ばし、男の硬い首にしがみついた。大きな体がぴくりと震える。数秒のフリーズのあと、躊躇いがちにそろそろと、逞しい腕が背中に回ってきた。

「……離れたくない……士朗」

初めてその名を呼んだ直後、ぎゅっと背中がしなるほどきつく抱き締められる。あまりの力の強さに、息が止まった。

「……苦し……」

喘ぐみたいに訴えると、ゆっくりと抱擁《ほうよう》が緩んだ。ほんの少し迅人の体を離した賀門が、目と目が合った次の瞬間、奪うように唇で唇を塞いでくる。

「んっ……う、ん……んっ」

荒々しく唇をこじ開けられ、厚みのある舌で口腔内をまさぐられる獣のようなキスに、迅人も夢中で応えた。


山小屋に戻ってから、一階のベッドで、ものも言わずに抱き合った。

お互いの服を脱がせるのももどかしく、コートとダウンジャケットを剝ぎ取ると、あとは下衣を取り去っただけで繋がる。

「あっ……あぁっ……」

脚を大きく開かされた格好で、伸しかかってくる男の猛々《たけだけ》しい屹立を呑み込みながら、迅人は喉を反らして喘いだ。

ろくに準備も施されないままの性急な挿入は、男の大きさに比例して苦しかったけれど、その苦痛さえもが今は嬉しかった。

今、この瞬間、自分の中に賀門がいるという実感。腹いっぱいの、ドクドクと脈打つ脈動に悦《よろこ》びを覚え、じわりと双眸が潤む。

（熱い……）

長大なすべてを埋め込むやすぐに、賀門が動き始めた。硬い切っ先で最奥を突かれ、感じるところを擦られて、堪えきれない嬌声が零れる。

「んっ……ぁうっ……んんっ」

気持ちいい。すごく……いい。頭がどうにかなりそうに気持ちいい。

もっと気持ちよくなりたくて、もっともっと深い抽挿《ちゅうそう》が欲しくて、逞しい胴に両脚を絡みつけ、男の硬い体を引き寄せる。

「もっと……して。いっぱい……もっと」

要望に応えるように、抜き差しが苛烈《かれつ》になった。

「いいか？」

艶めいた低音で耳許に囁かれ、ぞくっと背中が震える。

「んっ……いい。気持ち……いいっ」

「おまえ……中、すごいぞ。うねって、俺に絡みついて……くそ、持っていかれちまいそうだ」

迅人の脚を抱え直した賀門がより深く腰を入れてくる。抉るような抽挿に、背中が浮き上がった。

「あんっ、あんっ」

動きが激しくなるほどに、密着した男の体から香る芳香がいっそう濃くなり、その濃厚な甘さにくらくらと目眩《めまい》がする。

「……士朗っ」

たまらずに名前を呼んだ瞬間、唇を奪われた。

「んっ……ぅん」

迅人の舌を舌で搦《から》め捕《と》りつつ、賀門が腰を強く打ちつけてくる。肉と肉がぶつかる音が室内に響き、結合部分からも湿った音が漏れた。

口腔内を貪られ、ガツガツと穿《うが》たれて、高みへと追い上げられる。

「い……くっ……いっちゃうっ……あっ……あぁっ――」

頂点で達するのと同時に、無意識にも中の賀門を食い締めてしまったらしい。「くっ」という呻き声が聞こえ、熱い放埒を叩きつけられるのを感じた。

「あ……あ……」

二度、三度と腰を前後に動かして、賀門がたっぷりとした精を最奥に注ぎ込んでくる。すべてを注ぎ終わると、脱力した大きな体が覆い被さってきた。

「はぁ……はぁ」

重なり合った胸から、速い鼓動が伝わってくる。閉じていた目蓋を持ち上げて、灰褐色の双眸と目が合った。

「……迅人」

近づいてきた肉感的な唇に、ちゅっと唇を吸われる。くちづけに応え、お互いの唇を啄むようなやさしいキスを、何度も何度も繰り返した。

やがて賀門が迅人の中からずるっと抜け出る。ごろりと仰向けになり、片手で迅人を引き寄せた。

男の広い胸に顔を埋め、迅人は自分の髪を梳く手の動きにうっとりと目を細めていたが、しばらくして吐息混じりにぽつっとつぶやく。

「俺……間違ってた」

「……何がだ？」

「あんたと一緒にいると体が熱くなっておかしくなっちゃうのって、発情期のせいだと思っていたけど……」

「そうじゃないのか？」

こくりとうなずく。

「発情期のせいであんたが欲しいんじゃなくて、あんたと出会ったから発情期が来たんだ」

自分の体が変わったのは、賀門と抱き合うためだったのだと、さっき男の体臭に包まれながら気がついた。

初めて会った時に感じた甘い香り。

再会してからも、賀門の匂いを強く感じるにつれて体が熱を帯び、変化していった。

弟の峻王が、立花と出会った時に特別な匂いを感じたように、自分も賀門に特別な匂いを感じ、そして……。

――おまえも今にその時が来たらわかる。

いつぞやの、峻王の台詞が脳裏に蘇る。

自分にもついに「その時」が訪れたのだ。

逞しい胸に手をついて身を起こし、迅人は男の不思議な色合いの目をじっと見下ろした。

正体を見せても、賀門は異形《いぎょう》である自分を忌《い》み嫌わなかった。それどころか、そのままの自分を受け入れてくれた。その上で、自分を助けるために、自らの立場を犠牲にしようとした。

その恵まれない生い立ちゆえか、どこか飄然《ひょうぜん》と達観したところのある男。少し乱暴で、不遜で、でも体だけじゃなく懐《ふところ》も大きくて、やさしい男。

いつの日か、自分の前にも現れると信じ、待ち望んでいた運命の相手。

この男こそが、自分にとっての、その運命の相手。

たったひとりの、つがいの相手なのだ。

(やっと……巡り会えた)

ひたひたと胸に満ちる熱い想いに圧され、迅人は唇を開いた。

「前に言ったこと覚えている？　俺たちは、発情期につがいの相手を捜して、巡り会えたら、その相手と生涯を通して連れ添うって話」

「ああ……ロボとブランカだろ？」

「俺にとってのロボは……あんただ」

賀門の両目がゆるゆると見開かれる。

「あんたと出会って、俺は変わった。……あんたと抱き合うために……変わった」

「迅人？」

震える唇で、迅人は溢れそうな想いを紡《つむ》いだ。

「あんたが……好き……」

「……迅人」

一度零れ落ちてしまうと、もう止まらなくなった。

「好きだ……好き……大好き」

刹那、灰褐色の瞳に哀切を浮かべた賀門が、片手を持ち上げ、迅人の頬をそっと愛おしげにさする。その大きな手を摑み、頬をすり寄せるようにしてから、迅人は問うた。

「……あんたは？」

問いかける声が不安に掠れる。もし、自分は違うと言われたら……立ち直れない。

それでも、どうしても訊かずにはいられなかった。

「あんたは俺のこと……どう思ってる？」

切なげに双眸を細めた賀門が、重々しく口を開く。

「おまえはまだ若い。たくさんの可能性をその身に秘めている。これから先、いろんなやつと出会う。つがいの相手はそれから決めても遅くないだろう」

「………っ」

遠回しではあったが、要は拒絶だ。ズキッと心臓に痛みが走り、顔をしかめる迅人に、賀門が自嘲《じちょう》の笑みを浮かべた。

「ましてや俺は、おまえを幸せにする条件としてかなり劣るしな。男で、やくざもんで、年もかなり上だ」

「条件なんか関係ないよ！」

思わず大きな声が出る。迅人は賀門の手をぎゅっと握った。

「あんただから好きなんだ。他の誰でもないあんただから！」

強い言葉に、賀門の手がぴくりと震える。

「あんたがつがいの相手だって、俺だってついさっきまでわからなかった。だって男だし、オッサンだし……。でも体は……本能はわかっていた。だからあんたの匂いに反応して発情したんだ。間違いない。俺のつがいの相手はあんただ」

「…………」

賀門がわずかに眉根を寄せた。その心が、揺れているのを感じ取る。

それでもまだ、未熟な自分の言葉を信じきれないのだろう。

信じてもらうために、惑う男の目をまっすぐに見つめ、迅人は熱っぽく言葉を重ねた。

「あんたしかいない。これから先、どんなにたくさんの人間に出会ったって、俺の相手はあんただけだ」

きっぱりと断言し、挑むように見据えると、黙って迅人を見返していた賀門が片頬でふっと笑んだ。

「こんなに熱っぽく口説かれたのは初めてだな」

「士朗」

「おまえは、長いこと日陰を歩いてきた俺にはまっすぐで眩し過ぎるが……」

ゆっくりと身を起こした賀門が、迅人の手を摑み、広い胸に引き寄せる。きゅっと抱き締めてから、白くて小さな耳に囁いた。

「……愛している」

「……え？」

一瞬、耳を疑い、迅人は視先を振り上げて賀門を見る。

「い……今、なんて？」

「おまえを愛してる。三十五年の人生で、積み上げてきたものを棒に振ってでも護りたいと思ったのは、おまえだけだ」

今まで見せたことがないような真摯な表情で告げた男が、不意に顔をしかめた。

「愛してるなんてこっぱずかしい台詞、生まれて初めて口にしたぜ」

その照れたような表情を見上げているうちに、胸の奥から甘く痺れるような悦びがじわじわと込み上げてくる。

「士朗っ」

飛びつくみたいに抱きつくと、強い腕がぎゅっと抱き返してきた。

胸と胸を隙間なくぴったりと合わせ、混じり合う鼓動と、溶け合う体温に酔いしれる。

「好き……大好き」

「……俺もだ」

睦言《むつごと》を囁き合い、昂《たか》ぶった感情が少し落ち着くまできつく抱き合って——ほどなく、賀門が腕の力を緩め、迅人の体を離す。歓喜に潤んだ薄茶色の双眸を覗き込んで念を押した。

「その代わり……いつか、やっぱり俺じゃなかったと思ったら、情に流されずにすっぱり切り捨てることを約束してくれ」

「そんなこと絶対ないよ！」

やっきになって否定する迅人に、「そのほうが俺もありがたいが」とつぶやいた賀門が、言うことを言って何かを吹っ切ったような表情で「さて」と継いだ。

「こうなった以上は、おまえをそう簡単に手放すわけにはいかない」

「……うん」

迅人も真剣な顔つきでうなずく。

一度でも別れたら、おそらく自分たちが再会できる確率は低い。そんな切実な予感があった。

賀門も同じように感じているのだろう。目の前の思案げな顔を見つめ、恋人の決断をじりじりと待っていた迅人は、待ちきれずに自ら口火を切った。

「一緒に逃げよう」

「迅人？」

「どこか遠くへふたりで逃げよう」

賀門が太い眉をひそめる。

「何言ってるんだ。俺はともかく、おまえには家族や友達もいるだろう」

脳裏に、まず父の美貌が浮かぶ。続いて峻王の顔。叔父や都築、水川、立花、友人の永瀬《ながせ》、幼い頃から親戚のように側《そば》にいた古参の組員たちの顔も浮かんでは消えた。

彼らと離れるのはもちろん辛い。二度と会えないと思えば胸が痛む。だけど……。

「家族や友達は大事だけど……でも今の俺は……あんたを失うほうが辛い。あんたと会えなくなるのは嫌だ」

賀門が厳しい顔で「本気で言ってるのか？」と問い詰めてくる。

「本当に身内を捨てられるのか？　ことによると一生会えないかもしれないんだぞ？　おまえにその覚悟があるのか？」

一生。

その年月の重みを想像し、こくっと喉を鳴らす。賀門の言うとおりだ、勢いや生半可《なまはんか》な気持ちで口にしてはいけない。自分だけじゃなく、賀門の人生をも左右することになるのだ。

(考えろ。ちゃんと。真剣に)

「…………」

かつてないほど真剣に自分の本心と向き合い、じっくりと話し合った末に、迅人は深くうなずいた。

「覚悟はちゃんとある」

迅人が答えを出すのを黙って待っていた賀門が、片眉をわずかに持ち上げる。

「俺がいなくなっても、神宮寺の跡継ぎは弟がいる。実際の話、俺よりは峻王のほうが組の跡取りには向いていると思うし。父さんには御三家も、組員もいる……」

そこで言葉をいったん切り、愛する男の顔をまっすぐ見据えて言いきった。

「でも、俺にとってのあんたの代わりはいない」

「……迅人」

「つがいの相手はあんたしかいないんだ」

瞠目《どうもく》した賀門が、その目をゆっくりと細め、ふっと息を吐く。腹を括った表情で迅人を見下ろし、「わかった」と言った。

「おまえがそこまで言うなら、俺もすべてを捨てる」


そうと決まれば行動は早いに越したことはない。明日、杜央がここに来て異変に気がつくまでに、できるだけ遠くへ離れたほうがいい。

急いでふたりで身支度を整える。

「足りないものはあとで調達するから荷物は必要最低限でいいからな。あんまりデカい荷物を持って歩くと悪目立ちするし、小回りがきかなくなる」

そう言うと、賀門はどこからか迅人のバックパックを持ってきて返してくれた。

「すまんが、携帯は東京で処分しちまった」

それは、拉致された初日に手下がそう言っていた。今となっては、GPS機能が付いた携帯を持ち歩くわけにもいかないので、それでよかったのかもしれない。

「準備できたか？」

賀門に声をかけられ、さして用意もない迅人は「うん」とうなずく。

「よし、じゃあ行くぞ」

ローテーブルの上から車のキーを摑んだ賀門が、ふと何かを思い立ったように、革のコートのポケットに手を突っ込む。少し離れた場所から、なんとはなしにその所作を眺めていた迅人は、賀門がポケットから携帯を取り出すのを見咎めた。まずは携帯をローテーブルの上に置き、次にもう一度ポケットに手を突っ込み、さらに何かを取り出す。

「………っ」

拳銃《けんじゅう》だった。

しばらく手の中の拳銃を見つめたのちに、賀門がローテーブルの携帯の横にコトッと置く。そのまま拳銃と携帯を置き去りにして、こっちへ向かってきた。

「い、いいの？」

迅人の問いかけには、「もう必要ねぇからな」とつぶやく。

（必要……ない？）

さっき「すべてを捨てる」と言っていた中に、この拳銃と携帯も含まれているってことだろうか。

つまり、過去のしがらみを全部断ち切り、足を洗うってこと？

自分のために、賀門は恩人から託された組も、家族同然の組員たちも捨てて……。

その決意に改めて思いを巡らせていると、「行くぞ」と促される。

「あ……うん」

連れ立って玄関から出た。賀門が玄関の施錠をしている間、傍らに佇んでいた迅人は、どこからか聞こえてくる車のエンジン音に、はっと後ろを振り向く。視界が、こちらにまっすぐ向かってくる黒い四輪駆動車を捉えた。

「士朗！　車が！」

迅人の声に賀門が振り返り、車を見て、ちっと舌を打つ。

杜央が痺れを切らして乗り込んできたのかと思い、「杜央？」と尋ねると、「いや……車が違う」と答えが返った。

じゃあ、誰？

息を詰めて近づいてくる黒い車体を睨《ね》めつけている間に、エンジン音が止まり、運転席と助手席のドアがほぼ同時にガチャッと開いた。車中から、共にロングコートを纏ったふたりの長身の男が降りてくる。片方の男の眼鏡《めがね》のレンズが雪に反射してきらりと光った。

「叔父貴……と都築!?」

男たちは、叔父の岩切と、大神組幹部の一翼《いちよく》を担う都築だった。

「大神組か……」

賀門が苦い低音を落とす。

コートの裾を翻し、大きなストライドで一気に距離を詰めてきたふたりが、階段の下からデッキに立ち竦む迅人を見上げた。迅人の頭から足までの全身を素早く視線でスキャンしたそのふたつの顔に、ほっと安心したような表情が浮かぶ。

「迅人……無事でよかった」

「迅人さん、ご無事で何よりです」

口々に安堵の声を出す叔父と大神組若頭補佐とは裏腹に、迅人の口からは狼狽えた声が零れ落ちた。

「ど……どうしてここが?」

「迅人さんからの連絡が途絶《とだ》えたあと、四方八方手を尽くしてその行方を探している最中に、東刃会から連絡が来て、あなたの身柄と引き替えに、傘下に下ることを求める取引を持ちかけられました。その後《ご》は交渉を長引かせ、時間を稼ぐ一方で、関東圏に拠点を置く下部組織を洗い出すことに全力を注ぎ込みました。その結果、実動部隊である高岡組を突き止めたのが、つい三時間ほど前です」

迅人の問いに答えた都築が、その怜悧《れいり》な眼差しを賀門に向ける。

「高岡組組長の賀門士朗だな？」

「……そうだ」

賀門が認めると、都築はコートの内ポケットからすっと何かを取り出した。黒光りするそれがなんであるかに気がつき、迅人は青ざめる。

（……拳銃!!）

銃口をぴたりと左胸に定められても、賀門は微動だにしなかった。ただ険しい表情で「うちの組員をどうした？」と問い返す。

「少々手荒い真似をさせてもらった。こっちも余裕がなかったんでな」

その問いには、岩切が答えた。

「なかなかアジトを吐かないので、仕方ありませんでした。ですがご心配なく。命までは奪っていませんから」

岩切の言葉を補足した都築が、空いているほうの手を迅人に向かって差し出す。

「さぁもう安全です。迅人さん、東京に戻りましょう」

そこから降りてこいと促された迅人は、ゆるゆると首を振った。

「迅人さん？」

都築が訝しげに眉根を寄せる。

「このあと……士朗はどうなる？」

「それはあなたが考えることではありません。あとは私たちに任せて、あなたは安全な車の中で待っていてください」

しかし、迅人はもう一度首を横に振った。

「殺すんだろ？」

「…………」

睨みつけても都築は答えない。

「殺すんだろ!?」

さっきよりも大きな声を出して漸く、ふーっと嘆息を零した。

「この男はあなたを拉致監禁した一味の首謀者です。一歩間違えば、あなたは二度と我々のもとへ戻ってこなかったかもしれない。それ相応の報いを受けさせる必要があります」

「やりたくてやったんじゃない！　東刃会からの命令で仕方なくやったんだ！」

「たとえそうだとしても、我々の世界にはケジメというものがあります。この男も仮にも組長を名乗る立場にあるならば、事をし損じた場合の覚悟はあるはずです」

「ケジメなんてそんなのっ」

苛立つ迅人の腕を摑み、賀門が耳許に低く言った。

「俺のことは気にせずに行け」

その囁きがとっさには信じられず、首を捻って傍らの男を見上げる。賀門の顔は、自身の命運を覚りきったかのように静かだった。夜の湖面のような凪《な》いだ双眸を見れば、却って胸の奥がざわめく。

「な……何言ってんだよ？」

「こうなってしまったのも運命だ。やっぱりおまえは家族のもとに帰るべきなんだよ」

言い聞かせるような声音に顔を歪め、迅人は激しく抗った。

「そんなの絶対やだ！　こんな終わり方なんて……絶対っ」

「迅人、彼らは万難を排しておまえを捜し出し、迎えに来てくれた。簡単なことじゃない。それだけおまえはみんなに愛されているんだ。簡単に捨てていいものじゃない。待っている家族のもとへ帰れ」

真剣な面持ちで説得されたが、納得できない。納得できるわけがなかった。

迅人は「でもっ」と叫んだ。

「あんたが殺されちゃうかもしれないのに！」

賀門が、初めて見せるような凄みを帯びた笑みを浮かべる。

「こう見えてもやくざの端《はし》くれだ。覚悟はできている」

「覚悟？　……覚悟ってなんだよ!?」

自らの死を受け入れてしまった恋人を睨めつけ、迅人は苛立ちのままにその大きな体をぐいぐいと揺すった。だが賀門は無言で、哀切を含んだ眼差しを自分に向けるだけ。

「嫌だ……っ」

（士朗が殺されちゃうなんて絶対嫌だ！）

迅人は跳ねるように身を翻して階段を駆け降りた。叔父の岩切にしがみつき、必死の形相で訴える。

「お願い！　お願いだから士朗を傷つけないで！　お願い！　なんでもするから！」

なりふり構わぬ懇願に、岩切がつと眉間に皺を寄せ、つぶやいた。

「おまえがそこまでこの男に執着することが……むしろ問題だ」

言うなり迅人の二の腕を摑み、「来い！」と引っ立てる。

「放せっ！　放せよ！」

わめき、暴れる迅人に構わず、岩切が都築に向かって声をかけた。

「頼むぞ」

「了解です」

うなずいた都築が、賀門に「降りてこい」と指示を出す。

すごい力で引きずられながら、迅人はその場に踏みとどまろうと懸命に抗った。しかし、雪のせいで踏ん張りがきかない。

ずるずると引きずられつつも背後を振り返り、声を限りに叫ぶ。

「士朗！　逃げて！　逃げてよーっ！」

だが、絶叫も空しく、賀門は指示に逆らうことなくゆっくりと階段を降りた。前に立った賀門の身を裏返し、後頭部に銃口を押し当てた都築が、「歩け」と命じる。柔順に歩き出した恋人の姿を目の片隅に捉え、迅人は胸が灼けつくような焦燥を覚えた。

（殺されちゃう！　士朗が殺されちゃう！）

最愛のひとを失う衝撃に頭の中が白くなり、体がカッと熱くなる。

ドクンッと心臓が大きく脈打つ。全身の産毛《うぶげ》が総毛立ち、髪の毛がぶわっと逆立った。

熱い——熱い——熱い!!

体の変化の兆しを感じた、その時。

ブロロロロロッ!

山の静寂を切り裂くエンジン音が聞こえた——かと思うと、ものすごい勢いでカーキ色の四輪駆動車が突っ込んでくる。

「うわっ」

(轢《ひ》かれる!!)

迫り来る車体を目前に顔をひきつらせた刹那、「危ない!」という岩切の声が耳許で聞こえた。

どんっと突き飛ばされ、一メートルほど後ろに吹っ飛ぶ。雪の上にどしんと尻餅をついた迅人の、すぐその目の前を、四駆が猛スピードで駆け抜けていく。

「大丈夫だったか?」

自分も雪に倒れ込んだ岩切が安否を確かめてきた。

返事をする余裕もなく、あわてて立ち上がる。山小屋の方を見ると、キキーッとブレーキ音を響かせて停まった四駆の運転席から、ひとりの男が身を乗り出すようにして銃を構えるのが見えた。

バンッと乾いた音が聞こえ、都築が拳銃を取り落とす。どうやら右肩を撃たれたらしく、撃たれた肩を押さえて雪に片膝をついた。

「士朗さん！　乗ってください！」

その隙に助手席のドアを開けて、発砲者が叫んだ。賀門を呼ぶ、その男には見覚えがあった。

（杜央だ！）

高岡組の事務所が大神組の襲撃を受けたあと、賀門を案じて山小屋に駆けつけたのだろう。

「乗ってください！　早く！」

杜央に急かされた賀門がこちらを見た。目と目が合う。

ここで別れ別れになったら、二度と会えないかもしれない。

それでも……賀門が死んでしまうよりはいい。百万倍いい。

そう思った瞬間、迅人は叫んでいた。

「車に乗って！　逃げてーっ」

迅人の声に背中を押された賀門が動く。四駆に走り寄り、ひらりと助手席に乗り込んだ。ドアを閉めるやいなや、四駆がギュルルルッとタイヤを軋ませ、Uターンする。

引き返してきた四駆に向かって岩切が銃を構えた。それを見た迅人は叔父に飛びつく。

「撃たないで！」

「迅人！　放せ！」

「嫌だっ」

銃を持つ腕にしがみつき、必死に発砲を阻止している間に、四輪駆動車はふたりの横を通り過ぎていった。

弾の届かない距離まで四駆が走り去ったのを見て、岩切が「くそ」と唾棄《だき》し、力を抜く。迅人もほっと脱力した。

「迅人さん、大丈夫でしたか?」

肩の傷を庇いながら近づいてきた都築に声をかけられたが、脱力のあまりに声が出ない。

「…………」

言葉もなく腰が抜けたようにその場にへたり込んだ迅人は、四駆が走り去った雪道を、ただ呆然と眺めることしかできなかった。

9

自室のドアを薄く開けると、母屋へ続く渡り廊下の先に、まだ若い組員が立っているのが見える。頭髪を短く刈り込んだ厳《いか》めしい顔が、ドアの開く音に反応してか、こっちを振り向いた。目が合った瞬間、ぺこりと頭を下げられる。

「………」

どうやら今日はこの男が「当番」らしい。

廊下を渡って母屋へ行けば、あの組員がどこへ行くにも数歩後ろから黙ってついてくるのは、経験上わかっていた。さすがに部屋の中にまでは入ってこないが、迅人が母屋のダイニングで食事をしている間も、廊下でずっと待機している。

彼らも上からの命令で仕方なく自分を見張っているのだとわかってはいるのだが、待たれていると思うと落ち着かず、ただでさえ旺盛《おうせい》とは言えない食欲がさらに落ちて、途中で箸《はし》を置くこともしばしばだった。

今も、考えただけで食欲が減退して、迅人は昼食をとりに母屋へ行くのを断念した。薄く開けたドアをパタンと閉める。

幸い、部屋には小さなキッチンもバス、トイレも完備されているので、その気になれば、食料が保つ間は籠もっていられるのだ。

キッチンに備えつけの冷蔵庫を覗き、食材の並ぶ棚をじっと眺めてみたが、食べたいものが浮かばない。結局はミネラルウォーターだけを取り出して、重い足取りでベッドに歩み寄り、腰を下ろした。

スクリューキャップを開けたミネラルウォーターを二、三口喉に流し込み、キャップをふたたび閉め、ふぅとため息を吐く。ごろんと仰向けに寝転がり、天井を眺めた。

（……彼らも大変だよな）

日曜日まで見張り役に駆り出されるとは……。

「……って、俺のせいなんだけどさ」
五、六人の下っ端《ぱ》組員がシフトを組んで、迅人のボディガードにつくようになってひと月あまり。
はじめは、日中だけ警護がついていた。それが二十四時間態制になったのは、体力を取り戻すなり、迅人が逃亡を図ったせいだ。

家人が寝静まった頃、夜中にこっそり屋敷を抜け出そうとして岩切に見つかり、こっぴどく叱られた。

「まだ東刃会が手を引いたとは限らないんだぞ！　そんな中で夜中に出歩くなど言語道断！」

「おまえの軽はずみな行動で、どれだけ周囲に迷惑を及ぼすかを考え、自重《じちょう》しろ」

そう、父からも厳しく叱責を受けた。

叔父の怒りや、父の言い分はもっともだ。やっと敵から取り戻したのに、当人がふたたびその身を自ら危険に晒《さら》そうとしている——その無謀な行動が理解できないのもわかる。それでも迅人はどうしても、部屋の中で大人しくしていることができなかった。

あの場からは杜央と共に逃げ、ひとまず都築の手にかかる危機は脱したけれど、自分の組に戻った賀門が、その後どんな状態にあるのかが心配だったからだ。自分を逃がしてしまったことで、東刃会からはおそらくなんらかのペナルティが課されるはず。命まで取られることはないと思うけれど……窮地に陥っているんじゃないだろうか。

賀門の処遇を思うと居ても立ってもいられず、何度失敗しても懲《こ》りずに脱走を企《くわだ》てる迅人に、父や岩切も「なぜ？」と疑問を抱いたようだ。

「監禁されていた間に何があった？　あの賀門という男と何かあったのか？」

何度か厳しく詰問《きつもん》されたが、もちろん本当のことは言えなかった。変身を見られたことは、死んでも言えない。何度も何度も抱き合ったことも、お互いの気持ちを確かめ合い、一緒にすべてを捨てて逃げようとしていたことも……言えない。

迅人が頑《かたく》なにだんまりを貫き通しているうちに、諦めたのか、呆れ果てたのか、やがて父も岩切も何も訊かなくなった。

その代わりに大神組の若衆を屋敷に住み込ませ、ついには昼夜を問わず、二十四時間態制で自分を見張るよう指示した。それが三週間ほど前だ。

離れの部屋には、母屋を通らずに外に出られる通用口があるが、そのドアの前にも見張りが立っている。さらに勝手口と正門にもひとりずつ。

さすがにここまで警護を厳重にされてしまうと身動きが取れず、脱走計画も断念せざるを得なかった。

家の中と庭は自由に歩けるが、外に出る時は「どこへ行くのか、何時に帰るのか」を事前に報告することを義務づけられた上にびっちりと隙なく警護付き。

いわば軟禁状態で、実質、山小屋での監禁生活とあまり変わらない。

(山小屋……か)

あの雪の中の閉じられた空間での、密度の濃い数日間――あれは本当にあったことなんだろうかと、最近は時々不安になることがある。

こうして日常に戻ってしまえば、激動の数日が夢のように思えて……。

拉致首謀者の男と、生まれて初めての恋をした。つがいの相手である男と出会ったことで初の発情期が訪れ、時間もお互いの境遇も忘れて何度も抱き合った。

やがて、男を愛していることに気がつき、男もまた、自分を「愛している」と言ってくれた。

あの時の、蕩けそうな甘い陶酔《とうすい》は忘れられない。

すべてを捨てて、ふたりで逃げることを決意し――。

しかし、生涯の伴侶を得た悦びにゆっくりと浸る間もなく、無情な別れがやってきた……。

最後の瞬間、賀門を逃がしたことを悔いてはいない。逃げてくれてよかった。その思いは、ひと月が過ぎた今でも変わらない。

(だけど……)

体を張って賀門を逃がしたことで、迅人自身が被《こうむ》ったダメージは、予想以上に大きかった。離ればなれになり、その声すら聞くことのできない時間が長引くにつれて、胸にぽっかりと空《あ》いた穴が徐々に大きくなっていく。

それでもまだ、はじめの頃は絶対にここを出て、賀門に会いに行くつもりだった。

今どこにいるのかわからないし、連絡を取る手段もなかったけれど、必ず居場所を探し出して会いに行くと心に決めていた。

いつか訪れるはずの再会の日、それだけが心の支えだった。

けれど、その日はいっかな訪れなかった。脱走に何度も失敗し、そのたびに警護が厳重になり、身動きが取れない焦燥の日々が続くに従い、だんだんと気持ちが折れてきて……。

無精髭の浮いた大作りな貌。灰褐色の瞳。飄々とした笑顔。自分にはたまらなく魅力的な体臭。熱くて大きな体。少し掠れ気味の低音……あれだけ鮮明だった恋人の記憶も、一日一日と薄れていく。

少しずつ輪郭《りんかく》があやふやになっていく記憶に心が萎《な》え、弱くなる。絶対に会えると信じていた気持ちが揺らぎ始める。

もしかしたらこのまま……一生会えないままかもしれない。

仮に賀門がなんのダメージもなく元気だったとしても、未練がましくいつまでも会いたいと思っているのは自分だけで、向こうは自分のことなんか忘れてしまったかも……。

仲間たちのもとに帰って、本来の生活に戻って、あの山小屋での数日間なんか忘れちゃったかもしれない。

すごくモテそうだし、もう新しい彼女ができちゃったかも。

そんなふうにいったん疑惑を抱き始めると、坂道を転がるみたいに思考がマイナスに傾くのを止められなかった。

それに……賀門の今後を思えば、そのほうがいいのかもしれない。

そもそもが男同士だし、『秘密』を抱える自分の存在は、賀門に負担をかけるばかりだ。

このまま会わないほうがいいのか？

忘れるほうが、お互いのため？

考えれば考えるほどにどうすべきかがわからなくなり、気持ちが鬱屈《うっくつ》として、食欲がなくなる。

実際に食べる量が減ったせいか、体重が落ちた。眠りも浅い。睡眠とエネルギーが不足しているためか、なんにもする気が起きない。テレビもゲームもネットも電源を落として久しい。

学校もないので、ここ最近は何をするでもなく、日がな一日部屋の中でぼーっとしていることが多かった。

自分でも、今の自分はおかしい、まるで抜け殻《がら》のようだと思う。

明らかに言葉数が減り、感情も乏しくなった迅人を心配して、弟の恋人の立花が「調子が悪いようなら一度水川さんに診てもらったほうがいい」と勧めてくれたが、その気にはなれなかった。

診てもらわなくたって、自分で不調の理由はわかっている。

賀門が足りない。絶対的に足りない。

ただ、それだけのことだから。

（これぱっかりは主治医の水川にだって治せない）

治せるのは、この世にたったひとりだけ……。

「会いたい……」

この一ヶ月余りで何百回かめの言葉を、ぽつりとつぶやいた時だった。コンコンとノックの音が響く。反応せずにぼーっと天井を見上げていたら、ドアの向こうから「迅人？　いるんだろ？」という問いかけが届いた。

弟の峻王だ。

「ドア、開けろよ」

迅人はベッドからのろのろと起き上がった。

億劫《おっくう》な足取りでドアまで歩み寄り、ロックを解除する。それを待ち構えていたかのようにドアがガチャッと開き、峻王が顔を覗かせた。

くっきりと濃い眉と漆黒の双眸。鋭利な鼻梁と肉感的な唇。同じ血を分けた兄弟なのに、自分とはまるでタイプが違う、祖父譲りの野性味を帯びた美貌。

弟がわざわざ自分の部屋に足を運ぶことはめずらしい。基本的に恋人の立花とべったりで、今日みたいな休日は、どちらかの部屋に籠もっているか、一緒に出かけていることが多いのだが。

「………」

押しかけてきておきながら、峻王は何も言わない。

無言で自分をじっと見下ろす弟に、迅人は眉をひそめた。

「なんだよ？　なんか用なんじゃないのか？」

と、峻王がやっと用件を告げた。

「おまえに客だ」

「客？」

訝しげに問い返す。誰かが訪ねてくる心当たりはなかった。というかこの一週間ばかりは、電話はおろかメールのやりとりさえ誰ともしていない。

「今は、親父と話している」

「父さんと？」

ますますもってわけがわからず、首を捻る迅人に、峻王が思いがけない名前を口にした。

「賀門って男」

「………っ」

一瞬、息を呑む。

「が、賀門っ⁉」

うなずいた峻王が、漆黒の双眸で迅人を射貫いた。

「あいつがおまえを拉致したんだろ？」

賀門が……士朗が、自分を訪ねてきた⁉

峻王が言うには、供《とも》もつけず、ひとりだと言う。

単身、敵陣に乗り込んできた⁉

まだ半分は信じられない気分で、それでも迅人は峻王を押しのけ、自室を飛び出した。

「おい、迅人！　待てよ！」

峻王の不服そうな声にも振り返らず、渡り廊下をダッシュで駆け抜ける。見張り役の組員が、その勢いに驚いたように「迅人さん？」と問いかけてきたが、それも無視して母屋の廊下を走った。

自分でも、どこにこんなパワーが残っていたのかと驚くほどのスピードで、客間までの道程を一気に駆け抜けたが、あと数メートルというところで廊下に立つ大きな壁に阻《はば》まれた。

「迅人」

険しい顔の岩切が、突進する迅人の前に立ち塞がる。

「退いて！　退いてくれ！　士朗が来てるんだろ⁉」

「駄目だ。迅人、おまえはここで待て」

両肩を摑まれて、迅人は暴れた。

「放してよ！」

体を揺さぶって抗ったが、拘束はびくとも緩まない。

「放せってば！」

「姿くらい見せてやればいいじゃん」

不意に背後から声が聞こえ、振り向くと、迅人を追ってきたらしい峻王が立っていた。

「こんなに会いたがってんだから、少し離れた場所からでもさ」

峻王の提案に岩切が眉をひそめ、思案げな顔をする。

「叔父貴だってこいつの最近の無気力っぷり、心配してただろ？　何かにこれだけ必死になってる迅人を、俺はひさしぶりに見たけど」

「…………」

峻王から視線を転じた岩切が、迅人の縋るような目を見てふっと息を吐いた。

「廊下から見るだけだぞ。絶対に俺から離れるな。いいな？」

「……わかった」

念押しにこっくりとうなずくと、迅人の腕を引っ張って歩き出す。中庭に面した縁側を少し歩き、半分開いた障子《しょうじ》の手前で足を止めた。

(すごい……心臓ドキドキいってる)

本当に、士朗なんだろうか？　本当に、その姿をこの目で見ることができるのか？

岩切に腕を取られたまま、迅人は障子の陰から客間を覗き込んだ。

十二畳の客間には、ふたりの男が対峙《たいじ》していた。

ひとりは床《とこ》の間を背にした和装の父。

そして、背筋をぴんと伸ばし、父と向かい合っている正座の男は――。

(士朗!)

夢にまで見たその姿に、じわっと胸が熱くなる。

ひと月ぶりに見る賀門はダークスーツに身を包み、シルバーグレイのネクタイを締めていた。無精髭をさっぱりと剃《そ》り、髪もきちんと整えて、オールバック気味に流している。

初めて見る正装の賀門は、一見して別人のようだけど、その彫りの深い横顔や、胸に厚みのある大きな体は紛れもなく……。

(本当に……本物だ。本物の士朗が目の前に……)

ぱっと見た限り、どこかに怪我などをしている様子はない。元気そうだ。

元気で……生きてる。

胸がいっぱいになって、体が小刻みに震える。歓喜のあまりに言葉を発せずにいると、神妙な面持ちの賀門がおもむろに口を開いた。

「先だってのご子息の件では、多大なご迷惑をおかけし、誠に申し訳ございませんでした。平にお詫び申し上げます」

そこで畳に手をつき、こうべを深々と垂《た》れる。

その状態で長く畳に伏していた賀門が、ゆっくりと顔を上げ、父を見つめた。

「それにつきまして、ひとつご報告があります。このたび高岡組の看板を下ろし、組を解散いたしました」

（えっ……？）

迅人は両目を大きく見開いた。

解散って、高岡組を!?

信じられない気分で、賀門の横顔を見つめる。それまでは無言だった父が、初めて口を開いた。

「それは……今回の件に対して筋目をつけたということですか」

「はい。私なりの筋目のつもりです」

「そうですか」

父が軽くうなずく。

「しかし解散とは、また大きな決断をしましたね。組員の方は納得なさったのですか」

「残念がる者もおりましたが、幸い資産がありましたので、それを分配し、これを機に足を洗う者は洗い、独立する者は道筋をつけ、この稼業を続けたいという希望を持つ者は、つきあいのある親分さんに引き取っていただきました」

「あなたご自身は？」

「足を洗いました。ですので、本日は高岡組組長としてではなく、一個人としてお詫びに伺《うかが》っております」

足を……洗った。

ではもう、賀門は高岡組の組長ではないのだ。それが賀門にとっていいことなのか、そうでないのか、とっさには判断がつかなかった。

「会社をいくつか処分したり挨拶《あいさつ》回りをしたりと、雑事に時間を取られている間に一ヶ月が過ぎてしまいました。お詫びが遅くなりましたことを重ねてお詫び申し上げます。申し訳ございませんでした」

ふたたび頭を下げる賀門に、父が「お顔をお上げください」と声をかける。

「あなたのお気持ちは充分に受け取りました。また、組を解散されて一個人となられた以上、もはやあなたは大神組と敵対する間柄《あいだがら》ではない」

「ありがとうございます」

賀門がわずかばかり、肩の力を抜いたのがわかった。

(よかった)

これで、賀門が今後、少なくとも大神組に報復されることはなくなった。

迅人もほっとしていると、父が水を向ける。

「本日の用件は、詫びだけではないのではありませんか?」

ぴくりと肩を揺らした賀門が、「はい」と応じた。居住まいを正し、まっすぐ父を見据えて切り出す。

「実は本日は、ご子息の迅人くんのことで、お父さんにお許しいただきたい件があって参りました」

(俺のことで?)

突然自分の名前を出された迅人は、息を詰めて賀門の言葉の続きを待った。一瞬の躊躇のあと、賀門が揺るぎない声で告げる。

「迅人くんを愛しています。彼との将来を真剣に考えています」

「……っ」

堂々と放たれた宣言に、その場の誰もが虚を衝かれ、息を呑んだ。

「おー……言った」

唯一峻王だけが、この状況をおもしろがっているような声を出したが、迅人にはそんな余裕はなかった。

(……な、何言って……んだよ?)

賀門の気持ちがひと月前と変わっていなかったことは嬉しい。嬉しいけど！

そんなこと、よりによって父さんに言うなんて！

しかし、賀門は臆《おく》することなく、さらに言葉を継ぐ。

「迅人くんとの交際を認めていただけないでしょうか」

直球過ぎる申し出に、父が柳眉《りゅうび》をひそめた。腕を組み、怜悧な眼差しをじっと目の前の賀門に据える。賀門もその眼差しを怯むことなく受け止めた。

「………」

ぴんと張り詰めた沈黙が横たわり、迅人は手のひらに汗がじわっと滲《にじ》み出るのを感じる。

父さんが怒り出したらどうしよう。堅気になった人間に手出しはしないとは思うけど……。

ひやひやしていると、父が低い声を出した。

「同性である男性と未成年の息子の交際を、親としてすんなり承諾するとお思いですか？」

賀門が首を横に振る。

「いいえ」

「しかも、あなたは迅人と年もずいぶんと離れている」

「無論、簡単に許していただけるとは思っておりません」

むしろさっぱりとした表情で、そう応じた賀門が、三度《みたび》頭を下げた。

「初めてお目にかかる席で不躾《ぶしつけ》なお願いをしてしまい、申し訳ありませんでした。ただ、お詫びかたがた、どうしても迅人くんのお父さんに私の気持ちを申し上げておきたかったのです」

「…………」

「本日はこれにて失礼致します。お時間を割《さ》いてくださいましてありがとうございました。またお願いに伺います」

父が冷ややかな声音を落とす。

「二度目はないと思ってください」

「……お許しくださるまで、何度でも参ります」

そうきっぱりと告げて、賀門が立ち上がった。

「失礼します」

父に向かって一揖《いちゆう》し、踵《きびす》を返した男と目が合う。

「士朗！」

思わず叫んだ。迅人を認めた灰褐色の双眸がゆるゆると見開かれる。駆け寄りたかったけれど、二の腕を岩切にがっしりと摑まれていて果たせなかった。

「迅人」

目を細め、迅人の顔をしばらく黙って見つめたのちに、賀門が「少し痩《や》せたか？」と訊いてくる。自分を見つめるやさしい眼差しに鼻の奥がつーんと痛くなり、泣き出しそうになった。

「……来るの、遅いよ」

照れ隠しに、わざとぶっきらぼうな声を出す。

「悪かった。ずいぶんと待たせちまったな」

謝ってから、賀門が「また来る」と言った。

「またって……いつ？」

取り縋る迅人に、賀門が苦しそうな表情を浮かべる。

「近いうちに」

そうつぶやいて、「じゃあな」と手を挙《あ》げた。未練を断ち切るように迅人に背を向け、もう一度父に一礼して客間を辞していく。

その後ろ姿を、迅人は両手を握り締めて見送るしかなかった。

自分の部屋に戻ってすぐ、迅人は荷造りを始めた。

賀門は「また来る」と言った。「近いうちに」と。だけど、それまで黙ってじっと待っていることなんてできない。

みんなの前で「愛している」と言ってくれた。賀門の気持ちは変わっていなかった。

それがわかった今、いつなのかもわからない次の来訪を待ちわびるだけなんて嫌だ。

賀門は、父さんが許してくれるのを待つつもりらしいけど、そんな日は永遠に来ないかもしれない。その可能性のほうが高い。もし奇蹟的に許されたとしても、それまでふたりきりで会うこともできないなんて……耐えられない。

今すぐにでも、賀門と抱き合いたい。抱き合って、キスをして……あの熱くて大きな体に抱き締められたい。

この一ヶ月間、あの山小屋での数日間が嘘のように、発情期の「餓え」もストップしていた。まったくそんな気分になれなくて、自分で抜くことすらしていなかった。

それが、賀門を見て、その声を聞いた瞬間に、また体が「熱」を取り戻して……。

(早く。早く!)

急く気持ちのまま、当座の着替えと防寒具をバックパックに詰める。

「あと必要なものは、パスポート、財布、MP3と充電器、携帯……は買ったばっかだけどGPSが付いてるから置いてくしかないか。どっかでまた新しいのを買って……」

ぶつぶつとひとりごちながら荷造りをしていたら、ドアがガチャッと開き、峻王が入ってきた。

ちらっと横目で弟を確認する間も手は休めない。ひたすら荷造りに没頭する迅人に、峻王が顔をしかめる。

「鍵開けっ放しで荷造りかよ？　とっ散らかってんなぁ。ちょっとは落ち着いたら？」

「………」

「あいつのところへ行くつもりなんだろ？」

ぴたっと手が止まった。肯定も否定もせずにいると、ゆらりと近づいてきた峻王が、「なぁ」と話しかけてくる。

「あいつさ、俺たちの正体、知ってるのか？」

迅人は顔を傾け、傍らの弟を見た。強い光を放つ漆黒の瞳が、まっすぐ自分を射《い》すくめている。子供の頃からの一番の理解者であり、『秘密』を共有する同志でもあった弟を誤魔化《ごまか》すことはできずに、迅人はゆるゆると首を縦に振った。

一族の禁忌《きんき》を犯したことを責められるかと思ったが、峻王は咎めなかった。「そっか」と、軽く肩を竦める。

「全部わかった上で、おまえのこと欲しいって言いに来たのか……相当な覚悟ってことだな」

「そうかな」

「だってそうじゃん。普通の人間は、狼に変身する人狼なんてめんどうなもん引き受けねぇよ。それに、ただでさえ敵対する組に単身乗り込んでくるのって相当な勇気が必要だぜ？　袋叩きに遭う可能性だってあるだろ？」

「……うん」

「そんだけ、おまえにマジだってことだよな」

感慨深げにつぶやいた峻王が、迅人の顔を覗き込んでくる。

「あいつが好きなんだろ？」

問いかけというよりは確認のニュアンスを感じ取り、迅人ははっきりと首を縦に振った。

「ああ、好きだ」

「けどさ、駆け落ちしたら、たぶん親父に勘当されるぜ？　そうなったら二度とこの屋敷の敷居は跨げないかもしれねぇし、おまえに何かあった時、御三家の助けも借りられない。そのあたり、ちゃんとわかってんのかよ？」

「生半可なことじゃないっていうのはわかってる。でも……」

そこで言葉を切り、迅人は、その意味を誰より理解しているはずの弟に言った。

「士朗は俺のつがいの相手なんだ」

「つがいの相手……ね」

鸚鵡《おうむ》返しにした峻王が、迅人の顔をじっと見つめる。やがて、低い声を出した。

「どうしてもあいつと行きたいって言うなら、なんとかしてやる」

「峻王？」

「おまえには、先生の時の借りがあるからな」

その夜。深夜十一時過ぎ――。

「あの……すみません……ちょっといいですか？」

眼鏡をかけた瘦身《そうしん》の男に後ろから話しかけられ、見張り役の組員が振り返る。

「ああ、立花先生」

屋敷の離れに一年前から住み込んでいる神宮寺家の「身内」の姿を認めて、組員が「どうかなさったんですか？」と尋ねた。

「どうやらシンクの下にアレがいるみたいなんです。気配がするんです」

白い顔をさらに青ざめさせて、立花が訴える。

「アレ？」

「アレです。黒くてカサカサ動く……」

「黒くてカサカサ……ああ……アレですね」

組員が納得したような声を出した。

「苦手なんですか？」

「苦手なんてもんじゃありません。アレが部屋のどこかにいるって想像しただけでぞっとして震えが止まりません。……申し訳ないんですけど、ちょっと確かめてもらっていいですか？」

「しかし、自分は今持ち場を離れられなくてですね」

「とりあえずシンクの下を覗いて確かめてくださるだけで結構ですから。このままじゃ眠れなくて……お願いします！」

哀《あわ》れっぽい口調で懇願され、仕方ないなというふうに組員がうなずく。組長が家族同然に扱う客人の頼みとあれば、無下《むげ》にはできないと判断したのだろう。ふたりは連れだって歩き出した。

「……よし。今だ」

バックパックを肩に担ぎ、ダウンジャケットに身を包んだ迅人は、立花が見張り役の組員を引きつけている隙に、通用口からそっと自室を抜け出した。闇に紛れ、身を屈めて竹林を横切り、塀まで辿り着くと、「こっちだ」とひそめた声に呼ばれる。

手招いている峻王の近くまで、小走りに駆け寄った。

「問題なかったか？」

「うん、先生が上手く誘い出してくれて助かった」

「正門には見張りがいるからな。この塀を乗り越えて脱出するしかない」

峻王の説明を耳に、迅人は石造りの塀を見上げた。

この塀を越えたら、もう後戻りはできない。

今後二度と、屋敷の敷居を跨ぐことはないかもしれない。

それでも自分は、生まれ育ち、住み慣れたこの家を出て、賀門と行く道を選ぶ。

自分のために多くのものを捨ててくれた男と共に——。

決意を新たに胸に還《かえ》して、迅人は視線を峻王に向けた。子供の頃はその存在が唯一無二だった、大切な弟の顔をじっと見つめる。

「いろいろと……ありがとう。あと……ごめん。おまえに家とか組とか背負わせることになっちゃって。父さんのことも……本当は俺が長男なのに」

峻王が手を伸ばしてきて、迅人の髪をくしゃっと掻き混ぜた。

「気にすんな。俺には先生もいるしな。ふたりで背負えば大した荷物じゃねぇよ」

「………」

「それより、落ち着いたら必ず連絡してこいよ。何か助けが必要な時もな」

「うん。父さんを頼む」

「わかった。元気でな。幸せになれよ」

「峻王」

どちらからともなく身を寄せて、ぎゅっと抱き合う。峻王の耳許に迅人は囁いた。

「おまえのことはいつも考えてる。どんなに体は離れていても……心は側にいるから」

「ああ、わかってる……兄さん」

生まれて初めての呼び方に驚いていると、峻王が身を剝がし、切なげな眼差しを迅人の顔に据える。やがて、未練を断ち切るように顔を塀に向けた。

「ぐずぐずしてると見つかる」

低くつぶやいた峻王が地面に膝をつき、四つん這いになる。

「早く行け！」

急かされた迅人は、弟の背中を踏み台にして石の塀をよじ登り始めた。一分足らずで天辺《てっぺん》まで登りきり、背後を振り返る。

少し離れた位置から峻王が見守るような視線を向けていた。

夜目にも目鼻立ちのくっきりとしたその顔を脳裏に刻み込み、最後に小さく手を振ると、迅人は塀の上からふわりと飛び降りた。


「行ったのか？」

いつしか背後に立っていた立花の問いかけに峻王はうなずいた。

「ああ……行っちまった」

「寂しくなるな」

「まぁな」

大したことじゃないとでも言いたげに肩を竦める峻王の傍らに、立花は黙って寄り添った。立花の白い手が、峻王の腕に触れ、そっと撫でさする。宥めるようなその仕草《しぐさ》にふっと微笑んで、峻王も恋人の手に手を重ねた。

「迅人くん、幸せになってくれるといいが……」

「…………」

迅人の行く末にそれぞれ思いを馳《は》せ、言葉もなくふたりで庭を歩いていると、ほどなく瓢簞《ひょうたん》型の池の向こうに立つ華奢なシルエットが見えてくる。

薄闇の中でもその小柄な輪郭だけがぼんやりと発光して見えた。

「親父？」

和装の月也がゆっくりと池の周りを半周して、峻王と立花の前で足を止める。

「あれは……行ったか？」

その言葉で、峻王は父親がすべてを承知していたことを知った。今夜、迅人が家を抜け出すこと、それを自分たちが補助することも全部、お見通しだったのだ。その上で、長男の出奔《しゅっぽん》を敢えて見逃した。

「親父……わかっていたのか」

峻王のつぶやきには何も言わずに、月也は臈長《ろうた》けた白皙《はくせき》を仰向かせ、闇夜に煌々と輝くまるい月を見やる。

「一年前のおまえたちと同じように、あれも生涯の伴侶であるつがいの相手を見つけた。そしてその相手と行く道を選んだ。……これも運命だろう。致し方がない」

さやかな明月《めいげつ》を見上げ、己に言い聞かせるような声を出す月也に、立花が言った。

「私がいます」

「立花先生？」

月也が上空から視線を転じ、立花を見る。真意を問うような眼差しを揺るぎなく受け止めた立花は、真剣な面持ちで言葉を重ねた。

「迅人くんの代わりに、私がなります」

そう言いきってから、少し面映《おもは》ゆそうな顔つきをし、「いえ……すぐには無理かもしれませんが、なれるように努力します」と言い換える。

「先生」

峻王が嬉しそうに恋人に身を寄せ、その手をぎゅっと握った。

「……そうだな」

仲睦まじいふたりの姿に黒曜石《こくようせき》の双眸を細め、月也がひとりごちた。

「私にはまだ息子がふたりいる」

10

ひらりと塀から飛び降り、アスファルトに着地した迅人は、顔を上げた瞬間にびくりと肩を揺らした。

視線の先の路肩に、一台のSUVが停まっているのを認めたからだ。一瞬、神宮寺の見張りかと思って身構え、だがやがて、その車に見覚えがあることに気がついた。

(この黒のSUVって……)

何度か乗ったことのある車に似ている。

ドクンッと心臓が高鳴った。

いや、でも、同じ車種なんてどこにでもあるし……。

(まさか……違うよな?)

少し速い鼓動を意識しながらその場にフリーズしていると、ガチャッと運転席のドアが開き、中から長身の男が出てきた。その見覚えのあるシルエットに、いよいよドキドキが激しくなる。

(嘘……ほんと?)

Vネックのセーターに革のロングコートを羽織った男が、こっちに向かって歩き出した。近づくにつれ、月の光に照らされた貌が明らかになる。

日本人離れした彫りの深い造作。太い眉にたっぷりとした二重の目、鼻筋が通った高い鼻梁に、肉感的な唇。見慣れた無精髭こそないけれど——。

今、まさに自分が一番見たかった貌。これから探し出して必ず会いに行こうと心に決めていた男の姿に、迅人は思わず叫んだ。

「士朗!!」

ぴょんっと跳ねるように駆け出し、長身の男に飛びつくみたいに抱きつく。

「迅人!」

自分の名を耳許で呼ばれるのと同時に、背中に回ってきた腕が、ぎゅっと強く抱きすくめてきた。あたたかくて大きな体と、大好きな体臭に包まれる。

本当に……本物の士朗だ。

ふたたび、この世にただひとりの運命の相手と抱き合う——夢にまで見た瞬間。

もう、その時は訪れないのかもしれないと思ったこともあった。

いったんは再会を諦めかけていたその相手と、もう一度抱き合うことができた悦びで、胸が痺れるように熱くなる。

迅人は硬い首筋に鼻先をすりすりと擦りつけた。甘えるようなその仕草に、賀門が「くすぐってぇよ」と笑い、ゆっくりと力を緩めて迅人の体を離した。

顔を覗き込まれ、灰褐色の目と目が合う。お互いの存在を噛み締めるように至近で見つめ合いながら、漸く、少しずつ気持ちが落ち着いてきた。

「なんで……ここに?」

まるで迅人が来るのを待ち構えていたかのようなタイミングに、今更違和感を覚えて尋ねると、賀門が答えをくれる。

「おまえの弟から連絡をもらった。今夜十一時過ぎに、おまえが屋敷から抜け出すからここで待っていろと……」

「えっ？　峻王が!?……って、そんな話いつ？」

賀門と峻王は面識がないはずだ。

「昼間に挨拶に来た時、帰り際に門を出たところでおまえの弟に話しかけられた。ちょっと話があるから顔を貸せってな」

(峻王のやつ、いつの間にそんなことを……)

「そ、それで峻王はなんて？」

「『本気で迅人が欲しいなら、親父の許しなんて待ってないで強引に奪え』って説教された。おまえの弟は、ありゃ相当なタマだな。十七であの迫力と度量は末恐ろしいぜ。いずれ世に名の知られた極道《ごくどう》になるよ、あれは……」

苦笑を浮かべる賀門を、迅人は複雑な顔つきで見返した。

——あいつが好きなんだろ？

——どうしてもあいつと行きたいって言うなら、なんとかしてやる。

峻王の声が脳裏に蘇る。

賀門を焚《た》きつけ、その上で自分の部屋を訪れ、本気で逃げる気があるのかどうか、覚悟のほどを確かめにきたのか。

「俺としては、年が近いせいか親父さんの気持ちもわかるし……できれば正攻法でぶつかってきちんと認めて欲しかったんだが……『あんたがもたもたしてる間に迅人が弱って病気にでもなったらどうするつもりだ』って凄まれてな。たしかに何年も待たせるのは酷《こく》だし、俺自身もきついと思い直した」

「…………」

「で、とりあえずその時は携帯の番号を交換して別れたんだが、夕方連絡が入って、場所と時間を指示されたってわけだ」

「そう……だったんだ」

そんな経緯があったなんて、峻王のやつ、最後までおくびにも出さなかった。

あいつなりの餞《はなむけ》のつもりだったんだろうか。

弟の不敵なポーカーフェイスを思い浮かべていると、賀門に腕を取られる。

「積もる話もあるが、あとにしよう。長居は無用だ」

「う、うん」

そうだ。いつ、自分が部屋にいないことがばれるかわからない。

賀門に手を引かれ、迅人はSUVの助手席に乗り込んだ。シートベルトを装着するなり、車が動き出す。

サイドウィンドウを下げ、窓から顔を出した迅人は、生まれ育った本郷《ほんごう》の屋敷を顧《かえり》みた。

もしかしたら二度と戻ることがないかもしれない広大な屋敷は、見る間に後方に遠のき、小さくなっていった。


四十分ほどで、賀門がこのところ滞在しているというこぢんまりとした瀟洒《しょうしゃ》なホテルに着き、バレーパーキングに車を預け、エレベーターで六階に上がった。

突き当たりの角部屋をカードキーで開けた賀門が、「先に入れ」と迅人を促す。

部屋は寝室がコネクトされたスイートルームで、ホテルの外観を踏襲《とうしゅう》した、シックで落ち着いた内装だった。

主室の中程まで行って、きょろきょろと室内を見回す。一角にバーカウンターが設《しつら》えられた室内には、他にソファセットとローテーブル、ライティングデスクとハイバックチェアがあった。ライティングデスクの上にはノートパソコンが置かれ、その脇に、たくさんの本が雑然と積まれている。なんとなく、仕事をしていた形跡のようなものを感じた。

そういえば、足を洗って堅気になった今、賀門の仕事ってなんだろう。こんな高価《たか》そうな部屋に連泊しているところを見ると、経済的に困ってはいないようだけど……。

考えてみれば自分は、生涯の伴侶と決めたこの男のことを何も知らないのだ。知っているのは、あの山小屋に一緒にいた数日間の賀門だけ。

名前と年齢と、天涯孤独だっていうことと、高岡組の組長だったこと。料理が上手くて、意外と甘いものが好きなこと。財布は持たない主義。……それくらい。

それでも、ほとんど何も知らないと言っていい相手に自分の一生を託すことに、不思議とまったく不安はない。

改めてそのことを実感しつつダウンを脱ぎ、迅人はつぶやいた。

「ずっと、ここに泊まってるの？」

「ああ……住んでた家は売っぱらっちまったからな」

足を洗うために、本当に、いろいろなものを整理したのだろう。

昼間はさらりと言っていたが、先代から引き継いだ組を解体するのは、そんなに簡単なことじゃなかったはずだ。それくらいは迅人にだってわかる。

コートを脱いでソファのアームに掛ける賀門に訊いた。

「みんな……怒ってた？」

「みんな？」

「組員の人たち。急に解散するって言われて」

賀門がバーカウンターに歩み寄り、冷蔵庫を開けながら「いや」と首を振る。中からミネラルウォーターのボトルを取り出し、「呑むか？」と掲げた。うなずいた迅人にボトルを投げて寄越し、自分も一本摑んで戻ってくる。

「本当だったら、高岡の組長《オヤジ》が死んだ時点で解散っていう選択肢もあった。それを俺がたまたま引き継いで、ここまで来た。実際のところ、やくざのシノギは年々複雑になってきている。単純にみかじめ料うんぬんで済む時代じゃない。流れについていけなくなってる年配の組員もいたしな。そういった意味でもちょうど潮時だったのかもしれない。……ただ」

言葉を切った賀門がふたたび口を開くのを、迅人は待った。ボトルを傾けて水を呷《あお》った賀門が、ふっと息を吐いてつぶやく。

「杜央には『裏切り者』と誹られたがな」

「……そっか」

それも無理はないと思う。一緒に児童養護施設から逃げてきた杜央にとって、賀門はおそらく兄のような存在だったのだろうから。

この前だって、自らの危険も顧みずに、賀門を救いに駆けつけていた。

その賀門が、急に組を解散すると言い出した。想像でしかないけれど、天涯孤独の杜央にとって高岡組の解体は「自分の居場所」を失うような感覚なんじゃないだろうか。

杜央の気持ちに勝手にシンクロし、重たい気分になっていると、賀門が腕を伸ばしてきて、ぽんと頭に手を置いた。宥めるみたいに、くしゃっと髪を掻き混ぜる。

「あいつもそろそろ自分の人生を生きていい頃だ。いつまでも俺にくっついて鉄砲玉やってても仕方ねぇしな。だから、おまえが気にすることじゃない」

「でも……」

「それより」

迅人が言葉を継ごうとするのを遮るように、賀門が顎に手を掛け、顔を仰向けさせた。

「俺たち……再会してからまだキスもしてねぇぞ」

囁いて、顔を近づけてくる。覆い被さってくる約一ヶ月ぶりの唇の感触に、背筋がぞくっと震えた。上唇をやさしく啄まれ、うっすら開いた唇の隙間に、ぬるっと濡れた舌が滑り込んでくる。

「んっ……ふっ」

ひと月余りのブランクを瞬時に埋める熱い舌の愛撫に、たちまち体温が上がり、頭がぼうっと霞《かす》む。全身の力が抜けて、脚が……震える。

いつしか迅人は賀門の背中に腕を回し、その大きな体に必死にしがみついていた。


足腰が立たなくなった迅人を、賀門がひょいっと抱きかかえ、ソファに運ぶ。座面に腰を下ろした賀門に促されるがまま、迅人は男の膝に跨ぎ乗った。向かい合わせの状態で、ふたたび唇を重ね合い、夢中で舌を絡ませ合う。

「んっ……ん、う、……ん」

粘膜を掻き回す、賀門の獰猛《どうもう》な舌に荒々しく翻弄《ほんろう》され、迅人の唇の端からは唾液が滴った。体がどんどん熱を孕《はら》み、こめかみがジンジンと痺れ始める。

「……ふ」

漸く唇が離れた時は、酸欠のせいで頭の芯がぼぅっと霞んでいた。

くったりと賀門の肩に凭れかかると、ざらついた舌で頰から耳にかけてをぺろりと舐め上げられる。続けて耳の縁に尖った歯を立てられ、つきっとした甘い痛みに、びくんっと身が震えた。

大型犬がじゃれつくみたいに迅人の耳を甘嚙みしながら、カットソーの裾から、賀門が大きな手を潜《もぐ》り込ませてくる。何かを探すようにゆっくりと素肌を這い回っていた手が、やがて目当てのものに辿り着いた。

「……あっ」

胸の尖りを指先できゅっと摘まれ、ぴりっとした刺激に思わず声が跳ねる。

さらに指の腹でクニクニと押し潰されたり、人差し指と中指の間に挟んでクイクイと引っ張られたりと、巧妙な愛撫を受け続けているうちに、先端が芯を持ってぷっくりと勃ち上がってくるのが自分でもわかった。

「……もう尖って硬くなってきた。早ぇな」

耳許の含み笑いにじわっと顔が熱くなる。本当に、この男はいつも一言多いと思う。

（いちいち言わなくていいのにっ）

しかし、賀門は羞恥に身悶える迅人などおかまいなしで、「グミみてぇに俺の指を弾き返してくる」だの「こんなちっちぇえおっぱいがよくも感じるもんだ」だの「エロい乳首だ」だの、執拗に言葉で嬲るのだ。

言葉で辱められながら、尖りきった先端を爪で引っ搔かれ、背筋がゾクゾクとおののく。

乳首の刺激がじわじわと全身に広がって、いつの間にか下半身まで熱くなってしまっている。太股の内側がわななき、黒目がじわりと濡れる。

疼くような下腹部の熱を持て余し、我慢できずにうずうずと腰を蠢《うごめ》かしていると、それに気がついた賀門が迅人の股間に手を伸ばしてきた。ぎゅっと握り込まれ、「あっ」と声が漏れる。

「こっちもビクビクしてすげぇな」

耳殻に囁かれ、顔がカッと火を噴く。

発情期とはいえ、キスと乳首を弄られただけで、こんなにあっけなく欲情してしまう自分が恥ずかしかった。

「や……だ」

「かわいい声出すなって。余計デカくなっちまうだろ」

右手を取られ、引っ張られる。手を宛《あて》がわされたそこは、生地《きじ》の上からでもはっきりとその形と大きさがわかるほどに昂ぶっていた。

「あ……」

恋人の欲情を手のひらでリアルに感じ取った刹那、背筋を甘い戦慄《せんりつ》が駆け抜ける。

「ブランク明けに、いきなりこんだけデカくなっちまったもん入れるのは無茶だしな。とりあえず一度出しておくか」

ひとりごちるようにつぶやいた賀門が、迅人のジーンズのボタンを外してファスナーをチリチリと下げた。下着のゴムを引っ張り下ろし、半勃ちのペニスを取り出す。もう片方の手で自らボトムの前をくつろげ、こちらもすでに充分な硬度を持った欲望を取り出した。二本の性器を合わせてひとつに纏める。

「ほら、握れよ」

促された迅人は、おっかなびっくりと手を添えた。迅人の手の上から、賀門がさらに大きな手で握り込んでくる。

「動かすぞ」

言うなり、賀門が上下に動かし始めた。

迅人も賀門に合わせ、見よう見真似で手を動かしているうちに、二本の欲望がみるみる張り詰める。質量を増すにつれて、手のひらで擦られた部分から、ねっとりとした快感が滲み出してきた。

「はっ……あっ……んっ」

ほどなく、ぐちゅっ、ぬちゅっという水音が聞こえ始める。滴った先走りが自分たちの手で擦れる淫らな音にも煽られて、いよいよ体が昂ぶった。

「んっ……ふっ……」

ただでさえ一ヶ月ぶりなのに、竿を扱くのと同時に重く腫《は》れた袋も揉み込まれ、駆け足で射精感が高まる。限界が訪れるまでは、さほど時間を要さなかった。

「あっ……もう……だ、めっ……」

「達きそうか?」

「ん……んっ」

涙目でこくこくうなずくと、賀門の手の動きが速くなる。

「んっ」

顔を寄せてきた賀門に、唇を奪われた。舌を絡ませ合いながら手で追い上げられて、迅人は内股の皮膚がぴんと張り詰めるのを感じた。すぐそこまで来ている絶頂の予感に肩が震える。すると唇を離した賀門が身を屈め、乳首にむしゃぶりついてきた。

「あぁっ……」

ツンと尖った乳首を熱い粘膜に覆われた——と思った次の瞬間、頑丈な歯でクイッと引っ張られて、背中がビクビクと激しく痙攣する。

「い、……い、くっ……いっ——あぁ……っっっん——っ」

迅人が達するのとほぼ同時、賀門もまた腰をゆっくりと動かして白濁を吐き出した。

「はぁ……はぁ……」

約ひと月ぶりの放埓の余韻に身を震わせる迅人に、賀門が顔を近づけてくる。眦に滲んだ涙を唇でちゅっと吸い取った。

「いっぱい出したな」

「…………」

だけど……まだ足りない。全然足りない。

(もっと……欲しい)

灰褐色の瞳をじっと見つめ、そう目で訴えると、賀門が肉感的な唇をにっと横に引いた。

「わかってるよ。俺だってまだ全然おまえを食い足りない」


寝室に移動して、お互いの衣類をすべて取り去る。ベッドに仰向けに組み敷かれた迅人は、自分に覆い被さる男から、熱っぽい眼差しを注がれた。

「この一ヶ月、こうしておまえを抱ける日のことを何度も夢想した。おまえに会って、もう一度抱き合いたい。その思いだけが、俺の支えだった」

切ない声の告白に胸が熱くなる。迅人は手を伸ばし、鞣《なめ》し革のような肌にそっと触れた。

「……俺も……会いたかった。あんたと離ればなれになって、体の半分が死んだみたいだった」

「……迅人」

双眸を細めた賀門が、身を屈めてちゅっと唇を吸ってから、「一ヶ月ぶりだからな。たっぷり気持ちよくしてやる」と甘く囁いた。

迅人の手を離し、賀門がくるりと体の方向を変えて逆向きになる。迅人の脚のほうに頭を持っていき、足首を摑んだ。出し抜けに両脚を広げられ、迅人の口から戸惑いの声が飛び出る。

「なっ……何？」

「こうやって逆向きになって、お互いのものを口でしゃぶるんだよ」

「お互いのを……口で？」

面食らいつつも、目の前の雄々しい欲望を見つめた。さっき一度達したはずのそれは、それでもまだ充分な質量を保っている。

「要はしゃぶりっこだ」

端的な説明をした賀門が、あとは実戦で示すつもりか、おもむろに迅人のペニスを口に含んだ。

「ひぁっ」

腰を引こうにも、がっちりと腰骨を押さえ込まれてしまっているので身動きが取れない。その間にも、賀門の濡れた舌がねっとりと絡みついてくる。横咥えにされた状態で舌をちろちろと使われ、喉の奥から堪えきれない声が漏れた。

「う……んっ」

（……気持ち……いい）

巧みな愛撫にうっとりと酔いしれていた迅人は、やがてはっと我に返った。一方的に気持ちよくなっている場合じゃない。セックスは、ふたりで快感を共有すべきものだ。

恋人の大きさに臆する自分を奮《ふる》い立たせ、思いきってはむっと口に含む。

フェラチオは二度目だったが、口いっぱいの怒張を頬張るのは、やはり苦しかった。先端に喉を突かれ、生理的な涙が滲む。

「ん……う……むんっ」

それでも、拙いながらも一生懸命しゃぶり、舌を使い続けるうちに、賀門がいっそう逞しさを増していくのを感じた。

顎は怠いし、苦しいけれど……嬉しい。

自分の愛撫に感じてくれているのだと思えば、胸の奥から悦びが満ちてくる。

懸命な奉仕の褒美のように、舌の先に青臭い味と先走りのぬめりを感じた瞬間だった。尻の狭《はざ》間《ま》を指で広げられる感覚に息を呑む。続けて、窄まりにぬるっと熱い何かが触れた。

「……ッ」

思わず口を離し、「な、何?」とつぶやく。

(ひょっとして……舌?)

答えはなかったが、濡れた舌の感触が気になって口淫に集中できない。身を強ばらせていると、さらに奥まで侵入してくる。くちゅっと内襞を濡らされて、迅人は声をあげた。

「や……っ」

身を捩って嫌がっても舌は出ていかず、たっぷりと体の中を濡らしたあとで、やっと出ていった。しかし安堵したのも束の間、入れ替わるように今度は硬いものが入ってくる。

指だ——と気がついた時には、もうそれはかなり奥深くまで潜り込んでいて。

「んっ、……ん、んっ」

狭い筒を慣らすように、指が蠢く。鉤《かぎ》状にした指で入り口付近を擦られると、腰がぴくんっと跳ねた。

「あっ、——そこっ」

「ここ、か?」

賀門の指が、反応のあった場所を執拗に嬲る。

「あっ……あうっ」

強烈な刺激に、目の前がチカチカした。無意識にもゆらゆらと腰が揺れる。もはや恋人のものを愛撫するどころじゃない。自分の持ち分は完全に放棄して、迅人は指の先まで痺れるような快感に身悶えた。

「はぅ……んっ」

感じ過ぎて……おかしくなる。

こんなの、おかしくなっちゃう!

ぎゅっとシーツを握り締め、快感の波に攫われそうな自分をかろうじて堪えていた迅人は、ふっと顔を上げた。自分の体に起こりつつある異変に気がつき、両目を見開く。

(あ……?)

尾骶骨《びていこつ》のあたりがむずむずして、そこだけがものすごく熱くなって……。

(お尻がジンジンする——!)

「おい」

背後の賀門が指の動きを止め、虚を衝かれたような声を出した。

「おまえ……変身しかけてるぞ」

どうやら月齢が満ちているせいで変身しやすくなっていたところに、感じ過ぎてストッパーが利かなくなっているようだ。

（ヤバイ！）

駄目だ。駄目だ。駄目だって！

必死にブレーキをかけたが、止まらなかった。ぶるっと大きく全身が震える。

「…………」

……やってしまった。

迅人はのろのろと背後を振り向き、やや呆然とした面持ちの恋人に謝った。

「ごめん……尻尾……出ちゃった」

迅人の尾骶骨のあたりから生えたふさふさの尻尾を、しばし呆気にとられた表情で眺めていた賀門が、やがてくっと片頬を歪める。そうしてそのまま、くっ、くっと笑い出した。心底愉快そうにひとしきり大笑いしてから言う。

「気持ちよ過ぎて、変身しちまったのか」

「……ごめん」

よりによってこんな時に、これからって時に変身するなんて俺の馬鹿馬鹿馬鹿！

穴があったら入りたい気分で、悄然《しょうぜん》と俯く。すると賀門が手を伸ばしてきて、項垂《うなだ》れた迅人の頭をぽんぽんと叩いた。

「謝るこたねぇよ。これだっておまえの一部だ」

そんなふうにつぶやき、尻尾に愛おしげに触れる。

「でも……気持ち悪くない？」

普通の男は萎えるよな……。

そう思い、おそるおそる尋ねる迅人に、賀門は「むしろかわいいよ」とフォローしてきた。やさしい恋人に胸が熱くなる。

「あの……もうちょっとしたら引っ込むと思うから。少し待っ……」

「いや、このままでいい。これだとバックからしか入れられねぇが……」

「え？」

驚く迅人をベッドに四つん這いにさせると、背後から覆い被さってきた賀門が尻尾を摑んで持ち上げた。

「……っ」

あらわになった慎《つつ》ましい窄まりに、灼熱の塊を押し当てられる。熱い！　と息を呑んだ直後、硬く張り詰めた先端が、後孔を押し広げるように、ぐぐっとめり込んできた。

「あぁ……っ」

逞しい雄がずぶずぶと体内に入ってくる衝撃に喉が反り返る。全身の毛穴からどっと汗が噴き出た。

「入っ……」

「息を止めるな。……ゆっくり吐いて、吸って、体の力を緩めろ」

耳許の声に小さくうなずき、なんとか強ばった体を緩めようと試みる。どんなに苦しくても、途中でやめるつもりはなかった。愛するひととひとつになる。そのための試練だと思えば、どんなに辛くても耐えられる。

賀門が前に手を伸ばしてきて、衝撃に萎えたペニスを握った。やさしく欲望を扱かれ、そこから染み出てきた快感と痛みを相殺《そうさい》しながら、少しずつ力を抜く。

「もう少しだ。……あとちょっとで楽になるからな」

根気よく励まされ、どうにか一番太い笠の部分を呑み込んだ。それを見計らってか、賀門が腰を摑み、ぐっと一気に押し込んでくる。

「……入った」

根元まで剛直を嵌め込まれた刹那、吐息混じりの声が漏れた。

「ああ……入ったな」

背中が密着している賀門の胸にも、びっしりと汗が浮いている。

約一ヶ月ぶりに受け入れた恋人の大きさに、じわっと瞳が濡れて、胸が熱くなった。

嬉しい。賀門とひとつになれて……嬉しい。

「……動くぞ」

やがて欲望に掠れた声で宣言した賀門が動き始める。ずるっと引き抜かれ、ずぶっと突き入れられる——ただでさえみっちりと隙間なく埋め込まれた充溢《じゅういつ》が体内で往き来する衝撃に、迅人の仰向いた喉から悲鳴が漏れた。

「あっ……あっ……あっ」

ブランクのせいもあって、はじめは苦しさが勝っていた。だが、太いもので何度も擦り上げられているうちに、擦られた場所から濃密な悦楽が滲み出てくる。

「ふ……あ、……ん、……ふ」

迅人の濡れた声から官能の兆しを嗅ぎ取ったかのように、賀門の抽挿が徐々に荒々しくなってきた。恋人が出入りするたびに、結合部分から、くぷっ、ぬぷっと淫靡《いんび》な水音が漏れる。円を描くように腰をグラインドされて、硬い切っ先の当たる位置が変わった。新しい種類の快感が生まれ、眼裏《まなうら》で快楽の火花が散る。

気がつくと迅人は、自ら腰を淫蕩《いんとう》に揺らめかせ、夢中で体内の賀門を貪っていた。

「気持ちいいか？　尻尾が揺れてるぞ？」

耳殻に吹き込まれ、陶然《とうぜん》とうなずく。

「ん……いい……すごくいいっ」

好きな相手と抱き合うことがこんなにも気持ちいいものだと、賀門が教えてくれた。

ズッ、ズッと疼く場所を突かれて、喉が反り返る。前に回ってきた賀門の大きな手が、とろとろと透明な蜜を溢れさせる迅人のペニスを握った。ぬるつく欲望を扱かれ、逞しい楔《くさび》をねっとりと出し入れされて、腰があやしく揺らめいた。

「あっ……あんっ……やっ……あ、あっ」

すさまじい快楽に、甘ったるい嬌声が止まらなくなる。

いつの間にか根元から勃ち上がり、ふるふると震えていた尻尾を、賀門が摑んだ。上下されると、尾骶骨からビリビリと痺れるような甘美な刺激が走る。

「あ、んっ」

ぶるぶると背中が震え、内股がきゅうっと引きつった。

「尻尾弄ると、すげぇ中が締まるな。……いいのか？」

少し苦しげな、潤んだ低音で問われ、こくこくと首を縦に振る。

「変に……なっちゃう」

たどたどしい訴えに、背後で賀門が笑った気がした。

「いいから……いくらでも変になっちまえ」

「んっ……あっ……あっ……あぁっ」

ペニスと尻尾とアナルを三つ同時に攻められ、種類の違う快感の波状攻撃に頭の中が白くなる。

「やっ……も……いくっ」

限界を訴える迅人を諌《いさ》めるように、賀門がペニスの根元をぎゅっと引き絞った。ひどいと抗議の声をあげようとした刹那。

「まだだ。……もっとたっぷり俺を味わえ」

背筋がぞくぞくするような艶めいた低音が聞こえ、賀門が勢いよく腰を打ちつけてきた。狙いすましたみたいに一番感じる場所を突かれ、全身をビリビリと甘い電流が貫いた。肉を打つ音が響き、ベッドがギシギシと揺れる。頭が眩むような快感に迅人はよがり泣いた。

「だ、め……やっ、ん……む、無理っ……あっ……もうっ」

とどめのように賀門が首筋に吸いついてくる。唇と舌でねちっこくねぶられ、そのやわらかさを味わうようにじりじりと歯を食い込まされ、ぶるっと体が大きく震えた。

「あ……あぁ……ッ」

高い嬌声をあげて極め、屹立の先端から白濁を噴き上げる。体内をきつく引き絞った瞬間、賀門が「くっ」と呻いた。腰をゆっくりと前後に動かして、おびただしい量の熱情をたっぷりと最奥に送り込んでくる。

体の中が恋人の放埓で濡れるのを感じながら、じわじわと脱力した迅人は、くったりと俯せに伏せた。

シーツに顔を埋めて余韻に震えていると、後ろからずるっと抜けた賀門に身を返される。仰向いた体に、恋人が覆い被さってきた。首筋に顔を埋められ、甘えるみたいに鼻先を擦りつけられる。

「迅人……」

顔を上げた賀門が愛おしそうに自分の名前を呼んだ。

「愛してる」

「俺も……愛してる」

とろんと微笑み、甘い声で囁き返す。

微笑みを象《かたど》ったまま降りてきた恋人の唇を、迅人はうっとりと受け止めた。

時間も忘れて何度も愛し合い、離れていた間の「餓え」を埋め合った。

身も心も満ち足りた幸せな気分で、迅人が恋人の硬い胸に顔を埋めていると、ぽつりとつぶやきが落ちる。

「御三家の追求を躱《かわ》すためにも、しばらくほとぼりが冷めるまで日本を離れるのはどうだ？」

「……え？」

思いがけない提案に驚き、迅人はぱちっと目を開いた。

「パスポート持ってるか？」

「一応持ってきたけど」

「よし、じゃあ決まりだ」

あっさりと決められてしまい、ますます面食らう。

「でも、いきなり海外って……」

困惑のままに体を起こして、恋人を見下ろした。覗き込んだ灰褐色の瞳は、今まで見たことがないほどに生き生きと輝いている。

「俺たちは自由だ。何も持っていない代わりになんの足枷もない。いつでもどこへだって行ける」

「それはそうだけど」

「どこへでも連れていってやる。行きたいところはないか？」

浮き立った声の問いかけに、迅人はちょっと考え込んだ。今まで、修学旅行でしか日本を離れたことはない。

だから、それこそ行ったことのない国ばかりだけど。

「どこでもいいよ。あんたと一緒なら……どこでも」

一考の末にそう答えると、ふっと微笑んだ賀門が「一年くらいかけて世界一周してもいいが、まずはシベリアからだな」と言った。

「シベリア？」

ロシアの東に位置する極寒の地を第一候補に挙げられて、迅人は訝しげな声を出した。寒いばかりで、さほど観光スポットもなさそうな気がしたからだ。

「なんでシベリア？」

「おまえの『仲間』がいる」

「仲間って……？」

首を傾げて少し思案し、ほどなく思い至る。

「もしかしてシベリア狼？」

「そうだ。それに、あそこなら周りの目を気にせず、狼の姿で走り回れるだろ？　おまえがのびのびと雪の大地を走り回る姿を見たい」

熱っぽい口調でそう語った賀門が、迅人の腕を摑み、不意に引っ張った。胸に倒れ込むと同時に体を入れ替えられる。自分こそが獲物を狙う大型肉食獣並みのすばやさで迅人を組み敷いた男が、魅力的な甘い低音で囁いた。

「おまえの本当の姿を見る特権は俺だけのものだ。そうだろ？」

「……うん」

微笑んだ迅人は、肯定の証《あかし》に片腕を伸ばす。そうしてゆっくりと引き寄せた世界でたったひとりの運命の相手に、自分の唇をそっと重ねた。

あとがき

こんにちは。初めまして。岩本薫です。このたびは「欲情」をお手に取ってくださいましてありがとうございました。

本著は、二〇〇七年に刊行していただきましたBBN「発情」のスピンオフ作品となります。スピンオフではありますが、単独の読み切りとしても楽しんでいただけるように留意したつもりですので、ここから読んでくださっても大丈夫（なはず）です。もし「欲情」からお読みくださった方で、本編に登場する弟の峻王と立花の話も読んでみたいと思われた方がいらっしゃいましたら、ぜひ既刊「発情」もよろしくお願いいたします！

前置きが長くなりましたが、今回の主人公は神宮寺家の長男、迅人です。

実は、前回の「発情」に思いがけず（本当に思いがけず）「続編を！」というお声をたくさんいただきまして、嬉しいのと同時に、仮にシリーズ続編を書く機会をいただけたとしても、あのテンションを今の自分に維持できるのかしら……とプレッシャーを感じておりました。あれから三年経っておりますし……。

しかし、いざ書き出してみたら、思っていたより筆が進みました。テンポよくと念じて書いたためか、あるいは迅人が素直なせいでしょうか。ひさしぶりの高校生は、初心に還ったようでとても楽しかったです。そしてモフモフ、やっぱりいいですね！
お相手の賀門は、私が何年かに一度発作のように書きたくなる、ワイルド系の大らか無頼攻めとなりました。あまり細かいことを気にしないひとだったので、こちらも書きやすかった（笑）。迅人はいい旦那様を捕まえたなと思います。生活力ありそうだし、料理も上手いし、ね。もちろん賀門も、こんなに若くてかわいいお嫁さんをもらえて、三国一の幸せ者だと思いますが。

さて、今回から挿絵を北上れん先生にご担当いただいております。執筆中、原稿に詰まると北上先生のコミックスを手に取り、イメージを喚起させていたのですが、想像どおり……いえ想像以上の素敵なイラストをいただけて感無量です。迅人がかわいくて、もうメロメロです。賀門も無頼な色気がムンムンで……♡　お忙しい中、本当にありがとうございました！
編集担当様、制作担当様をはじめ、本作の発刊にご尽力くださいました関係者の皆様にも心より御礼申し上げます。
末筆になりますが、いつも応援してくださる皆様。皆様のおかげで、シリーズ続編を出すことができました。この本が少しでも皆様の余暇の慰みになるようでしたら、これに勝る喜びはありません。今回もありがとうございました。よろしかったらご感想、お聞かせくださいね。

また次の本でお目にかかれますことを祈って。

二〇一〇年　春　　岩本　薫

◆初出一覧◆
欲情　／書き下ろし

岩本 薫史上最高のエロスラブ

発情
ビーボーイノベルズ

生真面目な数学教師・立花は素行不良の生徒・峻王に突然組み敷かれ、以来ところ構わず抱かれてしまう。「男で発情したのはあんたが初めてだ」
孤高で気まぐれな彼は、実は狼に変身する一族で…。　狼×教師で話題騒然、「発情」シリーズ絶賛の第１弾！

NOVEL 岩本 薫
◆イラスト／如月弘鷹

欲情
ビーボーイノベルズ

優等生の迅人は突然身体の変調を覚える。原因はバイト先に来た無精ひげにサングラスの男。彼の匂いを嗅ぐと、下腹部がうずいて息が苦しい。俺の発情期の相手は…まさか男!?　ヤクザ×狼で大人気！「発情」シリーズ第２弾！

◆イラスト／北上れん

人狼と人間のディープな恋♥
「発情」シリーズ大好評発売中！

蜜情
ビーボーイノベルズ

駆け落ち同然で最愛の男・賀門と結ばれた迅人。英国での蜜月もつかのま、迅人が謎の集団に襲われてしまう！　迅人の身の安全のために帰国を決意した賀門は、迅人の弟・峻王とその恋人で恩師の侑希に助けを求めるが…!?　人狼一族の「次世代」をめぐる第３弾！

◆イラスト／北上れん

色情
ビーボーイノベルズ

最愛の人・賀門と、実家で新婚生活満喫中の迅人。でも、二人の間に生まれた人狼の血を引く双子の子育てにはトラブル続出で!?　相変わらずエロラブな峻王＆侑希達との日常をつづった表題作と、一族の懐刀・都築が自宅で密かに飼う男との究極愛を描くエロス・スピンオフを収録。

NOVEL 岩本 薫　◆イラスト／北上れん

リブレ出版のインターネット通信販売
最寄の書店またはリブレ通販にてお求め下さい。
リブレ通販アドレスはこちら

Libre

PC http://www.libre-pub.co.jp/shop/
Mobile http://www.libre-pub.co.jp/shopm/

ビーボーイノベルズをお買い上げいただきありがとうございます。

この本を読んでのご意見・ご感想をお待ちしております。

〒162-0825 東京都新宿区神楽坂6-46
ローベル神楽坂ビル4階
リブレ出版㈱内 編集部

リブレ出版WEBサイトでアンケートを受け付けております。

サイトにアクセスし、TOPページの「アンケート」から該当アンケートを選択してください。

ご協力をお待ちしております。

リブレ出版WEBサイト http://www.libre-pub.co.jp

欲情

2010年3月20日 第1刷発行
2013年4月 5 日 第4刷発行

著者――岩本 薫

発行者――太田歳子
発行所――株式会社リブレ出版
〒162-0825
東京都新宿区神楽坂6-46ローベル神楽坂ビル
営業 電話03(3235)7405 FAX03(3235)0342
編集 電話03(3235)0317
印刷・製本――株式会社光邦

Printed in Japan
ISBN 978-4-86263-738-3